a mulher no escuro

a mulher no escuro

Cláudia Vasconcellos

Copyright © 2007 Cláudia Vasconcellos

Direitos reservados e protegidos pela Lei 9.610 de 19.2.1998. É proibida a reprodução total ou parcial sem autorização, por escrito, da editora.

Dados Internacionais de Catalogação na Publicação (CIP)
(Câmara Brasileira do Livro, SP, Brasil)

Vasconcellos, Cláudia
    A mulher no escuro / Cláudia Vasconcellos. – Cotia, SP: Ateliê Editorial, 2006.

    ISBN 978-85-7480-326-5

    1. Contos brasileiros   2. Teatro brasileiro I. Título.

06-3681   CDD-869.93
                                -869.92

Índices para catálogo sistemático:
1. Contos: Literatura brasileira   869.93
2. Teatro: Literatura brasileira   869.92

Direitos reservados à
ATELIÊ EDITORIAL
Estrada da Aldeia de Carapicuíba, 897
06709-300 – Granja Viana – Cotia – SP
Telefax: (11) 4612-9666
www.atelie.com.br
atelieeditorial@terra.com.br

Printed in Brazil 2007
Foi feito depósito legal

para Ana e Juliano

SUMÁRIO

PEÇAS

lágrima de vidro 11

sete dias do rei 39

a mulher no escuro 57

tryst 79

CONTOS

narrator 105

quando meu irmão ficou cego 115

filete ínfimo d'água para um rio 139

quando a noite 145

peças

LÁGRIMA DE VIDRO

*Os outros sentaram-se
em redor dele no sofá.
Ouviam-no quase com reverência.
Era óbvio que gostavam dele.
"Por quê? Por quê?", cismava eu.*

DOSTOIEVSKI

*Você um dia foi apaixonado, sim,
louco por essas pessoas ridículas...*

THOMAS BERNHARD

*Riam cinicamente de minha cara,
de minha figura desajeitada;
e no entanto, que caras estúpidas
eles próprios tinham!*

DOSTOIEVSKI

(blackout. *luz revela* aos poucos *mulher de olhos fecha-dos sentada de frente para a platéia, próxima à boca de cena. atrás dela e à sua direita, homem também sentado de olhos fechados.*)

homem: (*abrindo os olhos*) então, não deu certo.
mulher: (*abrindo os olhos, mas olhando para frente*[1]) você nunca dorme?
homem: nunca. (*longa pausa*) não tinha como dar certo.
mulher: eu não entendo o que é tão engraçado. na verdade não é engraçado. mas a capacidade deles rirem. rirem do que não é engraçado. isso eu não entendo. eu fico imaginando. antes de saírem de casa. eles engolindo um saco de risadas. não é natural. a cada palavra um rá rá rá.
homem: eu sabia que não ia dar certo.
mulher: rá rá rá. a cada palavra. rá rá rá. entre um gole de whisky e outro. rá rá rá. depois de acender o cigarro. e sabe o que é pior? eu me intimido. como é que eu vou entrar numa roda de gente tão alegre? (*pausa*) eu fiquei ali de pé por vinte minutos. sozinha. e o dilema das mãos. onde pôr as mãos. se você está sozinha. se você está sozinha e não quer estar sozinha. se em toda a sala você é a única pessoa solitária e não quer parecer solitária. os braços e as mãos. o que fazer. se ao menos viesse um conhecido. se ao menos passasse um garçom.
homem: um cigarro disfarçava.
mulher: cigarro. eu estou cansada de cigarros. você sabe melhor do que eu. é tão fácil. manter o bastãozinho entre os dedos. displicentemente. e o olhar vago. você sabe melhor do que eu. baforadas longas e meditativas. quan-

---

1. Homem e mulher ficam em posição frontal, mas podem, quando o texto sugerir, interagir com intenções de corpo, voltar-se um para o outro.

12 ▪ cláudia vasconcellos

tas vezes. o olhar vago. e sempre. infalivelmente. sempre funciona. mas há quantos anos. anos? eu digo décadas. há quantas décadas? sempre a mesma mofa.

homem: os homens adoram mulheres de poucas palavras.

mulher: eu sei o que você quer dizer.

homem: uma frase é uma frase.

mulher: rá rá rá.

homem: agora é você que está rindo.

mulher: eu nunca pude sustentar o meu próprio teatro. é isso o que você quer dizer. eu nunca soube como sustentar o meu próprio teatro. não é isso o que você está dizendo? quando ele veio, na primeira vez, com seus tenros dezenove anos, quando ele apareceu, eu manuseava um cigarro. você se lembra muito bem. eu fazia fumaça a minha volta. e ele se encantou.

homem: se encantou com a mulher mais velha, e projetou as próprias ambições na espiral da fumaça.

mulher: na espiral sem lastros da fumaça. na espiral inconsistente da fumaça. eu sei. todo este vazio. não venha bancar o sabe-tudo agora. mas o que eu quero dizer é que... eu nem sei o que eu quero dizer... o que eu quero dizer é que eu não fumo nem mais um cigarro em público. uma mulher pode ser uma mulher sem o cigarro, sem a fumaça, sem o circo. mesmo que eu fique como uma idiota. (*pausa*) tire o cigarro deles, e todos vão parecer idiotas também.

homem: eu avisei que não ia dar certo.

mulher: é incrível como pessoas até generosas se tornam idiotas num círculo de esnobes. aquela conversa. sempre a mesma. e a ironia. são gargalhadas covardes massacrando pobres coitados que nunca podem se defender. e aposto que riem de mim. (*pausa*) não há dúvida de que riem de mim. e que riam à vontade. este é o meu trunfo. enquanto eu não cair no gosto desses... como se diz mesmo?

a mulher no escuro ∎ 13

desses... enquanto eles não me entenderem eu estou a salvo. nos dias de hoje o desprezo dos... como foi que eu disse? desses... o desprezo deles é o atestado da minha integridade intelectual. eu não quero ser popular. detestaria parecer familiar. (*pausa*) eu o vi logo que cheguei.

homem: eu disse que não ia dar certo.

mulher: estava em uma roda menor. mais seleta. eles não riam alto. mas falavam baixo. como se trocassem informações secretas. palavras ditas à meia-boca. risos contidos. é incrível como ele sempre se destaca. e para não me cumprimentar, mudou discretamente de lugar. assim, bem naturalmente. ele sabia que eu não iria interrompê-lo. ele sabe que eu tenho medo da sua indiferença. que eu tenho medo do modo como ele certamente me apresentaria aos outros. com aquele tiquinho de comiseração. um tiquinho. mas que todos na roda entenderiam imediatamente. ela não pertence à nossa tribo seleta. um tiquinho de comiseração e todos entenderiam. ela não pertence ao grupo dos escolhidos. dos premiados. dos viajados. dos fotografados mil vezes. (*pausa*) grupinho de resenhadores. sempre se escudando. porque segundo freud ... porque segundo benjamin... porque segundo o segundo wittgenstein... sempre se escorando. glosadores. e repetem com ares proféticos: tudo já foi pensado por aristóteles... tudo já foi dito por shakespeare... então? se tudo já foi dito e pensado e escrito, por que continuar tagarelando? mas eu não interrompi nada. só pensei. me contive. mas pensei no motivo de eu aceitar, de eu nunca protestar contra as pequenas humilhações da vida social. e pensei, sobretudo, no porquê de eu sempre perdoá-lo. (*pausa*) eu sempre o perdôo.

homem: você sempre diz que o perdoa.

mulher: eu admiro a sua coragem. a coragem da sua arrogância. de não desperdiçar oportunidade. de lançar frases cortantes, mesmo nas conversas mais amenas. eu admiro, ainda que não aprove, o modo dele maltratar os subordinados. com aquele biquinho de enfaro. ou com o nariz levemente torcido. ou ainda com um revirar de olhos típico. admiro, sim, a coragem da sua arrogância. será que ele não tem medo? medo de um contra-ataque? de uma vingança? será que ele não tem medo de mim? (*pausa*) e quando eu penso no modo como eu o conheci. no tempo em que ele ainda chorava. porque hoje. duvido. hoje não mais. mas naquele tempo. porque hoje tenho certeza de que não. tenho certeza de que não chora mais. nem trancado no banheiro. nem depois de uma bebedeira. nem na solidão da sala à meia-luz de seu apartamento moderno. nem na solidão chique do terraço da cobertura de seu apartamento moderno. ele não chora mais. mas você se lembra. você se lembra melhor do que eu.

homem: quando você perguntou...

mulher: você está chorando?

homem: quando você repetiu.

mulher: você está chorando? o que houve? – você se lembra melhor do que eu.

homem: quando ele respondeu – eu quero ficar sozinho – e você insistiu...

mulher: você está chorando? não quer conversar?

homem: eu não sei o que dizer... – ele desabafou. ele disse 'eu não sei o que dizer' e se aproximou de você.

mulher: eu é que não sei o que dizer – respondi. achei que havíamos passado um dia ótimo.

homem: foi um ótimo dia – ele retrucou. eu só não estou acostumado.

mulher: eu queria que você só tivesse dias ótimos.

homem: não diga isso. dias ótimos enfraquecem o homem. não deseje sempre dias ótimos para mim – ele pediu. não deseje isso se você me quer bem.

mulher: você sabe que eu lhe quero bem.

homem: mas antes não soubesse.

mulher: você é estranho.

homem: um dia você vai cobrar esse seu amor. e eu não vou poder, nem querer retribuir.

mulher: você me assusta.

homem: agora eu preciso ficar sozinho. me deixe um pouco sozinho. logo, logo eu vou para o quarto.

mulher: quando ele se aproximou eu percebi que havia chorado. eu percebi que iria chorar mais. quando ele se aproximou e eu vi que havia chorado, e eu vi que choraria mais, naquele momento eu soube que o havia perdido. (*som de gongo*)

homem: (*como em um relatório*) você saiu às vinte e três e trinta de casa. com o vestido rosa queimado. você se olhou no espelho antes de abrir a porta. olhou de frente. e de lado. alisando o vestido com as mãos. você se aproximou do espelho e corrigiu o excesso de batom nos lábios. você pensou como estava patético aquele rosto envelhecido e enfeitado com batom. você pensou ainda, antes de abrir a porta, como era patético envelhecer. e reconheceu em seu rosto um rosto de rapaz. você se admirou de já não ter mais vaidades. pelo menos as chamadas vaidades femininas. antes de abrir a porta, você se olhou no espelho e lamentou não cultivar mais nenhum pingo da vaidade feminina. e lamentou ter de cumprir o ritual patético do batom. então abriu a porta. então fechou a porta. você entrou no carro e esperou. esperou quatro, sete, doze minutos. as mãos ao volante. você decidia. você ponderava. então resolveu recapitular.

mulher: um: ir. dois: chegar. três: executar. quatro: partir.

homem: um...

mulher: ir.

homem: dois...

mulher: chegar.

homem: três...

mulher: executar.

homem: quatro...

mulher: partir. (*longa pausa*) eu cheguei àquele lugar inóspito. todos, sem exceção, sem nenhuma exceção, todos sufocavam no bom gosto. perfumes e colônias misturados à névoa da fumaça dos cigarros. perfumes caros suavizando o cheiro dos charutos. tudo recendia a bom gosto naquela casa inóspita, com aquele jardim inóspito, naquele bairro inóspito e escuro, naquele bairro cruel, avizinhando pobreza e luxo ostensivo. avizinhando extremos cruelmente. eu cheguei ali. onde já chegara outras vezes, com a mesma sensação. cheguei ali, onde sempre e ainda agora se pode admirar a galeria de gravuras e óleos e águas-fortes espalhados por todas as paredes. e eu admirei novamente todos aqueles quadros, não individualmente, mas em seu conjunto, admirei o conjunto daqueles quadros, saturando de bom gosto até o impossível, até à dor, as paredes, todas as paredes da sala. e observei, com satisfação, o extremo bom gosto, para não dizer arrojo, das pessoas dentro da sala. e notei, através do vidro, as pessoas de bom gosto, para não dizer modernas, dispostas no jardim e em torno da previsível piscina com cascatinha. notei com satisfação a presença unânime de pessoas de bom gosto. e minha satisfação não se baseava no fato de serem pessoas de bom gosto, mas no fato de logo mais eu poder apreciar a desconstrução, para não dizer, o desmantelamento, de todo aquele circo. rá rá rá. porque a qualquer momento o álcool faria suas primeiras vítimas. a qualquer momento alguém falaria mais alto do que o convencionado, alguém seria mais direto, ou mais indiscreto do que o convencionado, alguém cometeria mais chistes e assim constrangeria mais os seus interlocutores, constrangeria mais do que o convencionado. a qualquer momento alguém. e isso levaria ao desastre irrecuperável. a qualquer momento alguém chamaria um conhecido até o banheiro, ou até uma saleta fechada, ou até o quarto da empregada, e aí retirando do bolso, ou da carteira, um pequeno embrulhinho, retirando com cuidado, com cuidado mas com muita pressa este embrulhinho, prepararia um conhecido ritual. então se esgarçaria de vez o véu precário do bom gosto. em pouco tempo palavras de espírito dariam lugar à verborragia. em pouco tempo, os charmosos seriam apenas salientes, e a atmosfera tremeria de ansiedade. então seria revelada de uma vez por todas a precariedade e insuficiência do véu do bom gosto, e eu poderia rir.

homem: mas não foi isso o que aconteceu.

mulher: mas poderia ter acontecido.

homem: não foi assim.

mulher: estava bem próximo de ser assim.

homem: você exagera sempre.

mulher: estava tudo latente.

homem: era apenas o seu desejo.

mulher: não, o meu desejo é sempre pior.

homem: o seu desejo nunca se transforma em ato.

mulher: não é verdade.

homem: o seu desejo é uma piada.

mulher: você nunca dorme?

homem: nunca. (*pausa*) eu disse que não ia dar certo.

mulher: eu não entendo. eu não entendo como as pessoas mudam. como podem mudar tanto. e repentinamente. mudar completamente. e irreconhecivelmente. não entendo. antes era nos olhos dele que eu olhava. nos olhos que dizem tudo. que revelam tudo. nos olhos que não mentem. mas agora... você sabe melhor do que eu.

agora, não foi possível enxergar nada. quando olhei para os olhos dele, não foi possível. porque nada pode transpor, nem vazar, nem penetrar, nem chegar e nem sair daqueles olhos. nada pode encontrar e nem ser encontrado por aqueles olhos. aqueles olhos blindados e protegidos por óculos ridículos. eu não sei em qual momento foi que ele resolveu usar estes óculos ridículos. ele, que nem mesmo tem problema na vista. enxerga como um lince, mas usa óculos ridículos. eu fico me perguntando onde é que ele foi encontrar estes óculos. em qual gaveta, em qual brechó, em qual mercado de pulgas foi encontrar estes óculos. eu fico me perguntando. (*pausa*) mas eu nem precisaria perguntar. é óbvio que ele comprou estes óculos ridículos na mais cara e afamada ótica de londres ou de tóquio ou de milão. é óbvio que seus óculos são da grife mais ousada e comentada de londres ou de paris ou de nova iorque. é óbvio. antes era nos olhos dele que eu olhava. mas agora. você sabe. eu só vejo os seus óculos. como eu detesto estes óculos ridículos. como eu detesto não poder mais reconhecê-lo.

homem: eu avisei que não ia dar certo.

(*longa pausa*)

mulher: eu não tenho tanta certeza de que não tenha dado certo.

(*longa pausa*)

homem: mas não foi como você tinha planejado.

mulher: eu tinha planejado? eu não planejei nada.

homem: você não lembra?

mulher: eu não tenho certeza.

homem: quando você recolheu as cartas no chão empurradas como sempre pela fresta debaixo da porta. quando você, separando todo aquele lixo publicitário, encontrou um convite. um convite de homenagem a ele. quando você, maldizendo a poderosa máfia das malas diretas, encontrou um convite de homenagem a ele. quando você se surpreendeu. quando se surpreendeu por terem lhe enviado o convite. vocês, que não se falam há quanto tempo. ele, que lhe evita há quanto tempo. quando você se surpreendeu, e realmente ficou estupefata, com o fato de ele ser homenageado. porque na lista possível de pessoas que merecem homenagem nunca constaria o nome dele.

homem e mulher: (*ela em volume mais baixo*) a não ser que hoje tenham instituído mérito por cinismo e má consciência intelectual. a não ser que hoje a mediocridade e a farsa tenham sobrepujado em valor as virtudes artísticas ou teóricas autênticas.

homem: você ficou totalmente estupefata, porque iriam homenageá-lo, e porque sugeriam, por engano ou por ignorância, a sua presença.

mulher: eu não vou.

homem: a princípio você decidiu ignorar o equívoco daquele convite.

mulher: é lógico que eu não vou.

homem: mas quando se deteve no endereço daquela homenagem. quando entendeu quem abriria as portas de sua casa para homenageá-lo. quando reconheceu o endereço. quando se lembrou do tempo em que aquelas portas também se abriram para você. neste momento, alguma coisa mudou.

mulher: a ex-amiga. a ex-incentivadora. a ex-moça admirável.

homem: quando você entendeu que era ela que iria homenageá-lo. ela...

mulher: a ex-amiga. a ex-incentivadora. a ex-moça admirável.

homem: quando entendeu isso, alguma coisa se quebrou. no instante em que você compreendeu que ela (*enquanto ele diz 'ela' a mulher murmura: "a ex-amiga.*

a ex-incentivadora. a ex-moça admirável") abriria as portas de sua casa, de sua mansão, de seu palacete, abriria aquelas portas, quando se deu conta de que também ele seria recebido ali, de que desta vez ele seria acolhido ali, então, tudo mudou.

mulher: eu nunca entendi. eu nunca soube por que ela me chamou. e por que ela insistiu. nunca entendi por que ela me procurou e me cercou e fez questão de mim. eu nunca entendi. eu, que não me considerava interessante o suficiente, nem bem vestida o suficiente, nem abastada o suficiente. eu, que não era, com certeza não era, bem relacionada o suficiente para ser convidada a entrar naquele grupo. naquele grupo de amigos de infância de famílias notáveis. eu, que não era bem-nascida o suficiente para ser convidada a freqüentar a terceira geração dourada daquelas famílias notáveis. eu nunca entendi por que fui parar ali.

homem: mas entendeu muito bem o modo como lhe excluíram e o porquê. entendeu perfeitamente e doloridamente o rompimento com aquele universo *in vitro* e inviolável.

(*pausa*)

mulher: qualquer um, quando é jovem, e éramos jovens, qualquer um quebra a cara e se desnorteia, qualquer um erra feio e se arrepende, qualquer um vai aos trancos para frente, e volta mil passos para trás e tem de começar de novo. qualquer um, menos ela. menos ela e seus amigos de infância e de adolescência. seus amigos de escola. seus amigos sempre juntos desde sempre.

homem: a eles nunca foi permitido o erro. protegidos e protegendo-se uns aos outros neste universo *in vitro* e impenetrável.

mulher: protegendo a própria mediocridade neste universo *in vitro*.

a mulher no escuro ■ 21

homem: mas brincaram com você, riram das suas opiniões e incentivaram o seu atrevimento. (*pausa*) e é claro, lhe abriram espaço. não há dúvida de que lhe abriram espaço. ao lado dela e de seus amigos, você era notada e comentada e algumas pessoas impossíveis passaram a te cumprimentar. ao lado dela algumas pessoas impossíveis foram obrigadas a conhecer o teu nome.

mulher: mas depois daquela época esqueceram rapidamente o meu nome e o meu rosto, e quantas vezes, quantas vezes não fui reapresentada a essas pessoas impossíveis, que fizeram questão de exibir a mais completa crise de amnésia que alguém possa ter. (*pequena pausa*) quantas vezes, depois daquela época, não dei de cara com essas pessoas impossíveis, não fiquei cara a cara com elas, quantas vezes, estando cara a cara com elas, não tive a nítida sensação de eu ser totalmente invisível.

homem: a princípio você decidiu ignorar aquele convite...

mulher: não vou.

homem:... mas quando se deteve no endereço daquela homenagem, não pôde conter a curiosidade.

mulher: hum...

homem: e elaborou um plano.

mulher: plano? não.

homem: um plano para sabotar aquela festa. para feri-lo.

mulher: não é verdade.

homem: você planejou por dias, semanas, ininterruptamente, furiosamente. até nos sonhos. um...

mulher: ir.

homem: dois...

mulher: chegar.

homem: três...

mulher: executar.

homem: quatro...

mulher: partir. (*pausa. a partir daqui ela não o ouve*) quando ele partiu? ele nunca partiu. simplesmente não apareceu mais. as pessoas partem. dizem adeus. ele, não. não houve tempo nem... ele não deixou que eu... nem mesmo o que sempre... ele simplesmente desapareceu. e eu não pude... como todo o mundo, ou pelo menos a maioria... não tive como...

homem: ele te preservou.

mulher: e eu, que poderia, caso ele houvesse... eu, que poderia, assim como todo o mundo... se ele tivesse... mas o seu modo foi tão... ele nunca partiu e eu não pude... não tive espaço para...

homem: ele quis te preservar.

mulher: ele quis se preservar... como sempre não podia ver o... como sempre até hoje, eu tenho certeza, até hoje, ele não... e então, nunca partiu. simplesmente deixou de... eu devia ter previsto, e fiquei sem... fiquei com... fiquei apenas...

homem: indignada.

mulher: com um nó na garganta... e o espanto... mas nenhuma reação...

homem: é o que eu disse, indignada.

mulher: uma dor, uma cãibra na garganta... mas o corpo inteiro paralisado...

homem: é isso.

mulher: e até hoje... eu, que até hoje não pude... porque ele não permitiu... até hoje não pude simplesmente me desesperar.

homem: ele te preservou do ridículo.

(*quebra-se o efeito monologado para interagirem*)

mulher: eu poderia ter feito a maior cena que já foi feita. uma cena tão incrível, folhetinesca, escancarada, uma cena tão perfeita, tão enorme, que nem o bolero mais descarado poderia imitar.

homem: mas não fez nada.

mulher: mas poderia...

homem: como sempre, não fez nada.

mulher: mas...

homem: nada!

mulher: você nunca dorme?

homem: não.

(gongo)

homem: você chegou à meia-noite em ponto. estacionou o carro. andou no escuro com pressa, para descobrir logo em seguida o serviço de manobristas na porta da casa.

mulher: depois de um passeio ao largo da piscina e uma taça de vinho, distingui a gargalhada **dela**[2]. gargalhada de contralto. meio rouca.

homem: você abriu a bolsa à procura do convite. vasculhando o fundo da bolsa, você tocou e encontrou vários objetos, para finalmente entregar o convite ao segurança, e atravessar o jardim.

mulher: depois de rir sua gargalhada rouca, **ela** olhou para mim. tenho certeza de que não me reconheceu. e sorriu.

homem: você adentrou a casa à meia-noite e dez.

mulher: a princípio **ela** olhou para mim, pressionada pelo meu olhar. mas como não me reconheceu, sorriu.

homem: assim que você transpôs a porta da casa, você admirou no *hall* de entrada o enorme anjo barroco. o belíssimo anjo barroco.

mulher: tenho certeza de que **ela** não me reconheceu. mas eu a reconheci imediatamente. **ela** mudou pouquíssimo. era de esperar que mudaria pouquíssimo.

homem: enquanto você admirava o belíssimo anjo barroco, você se perguntava de qual igreja baiana ou mineira,

---

2. As palavras grafadas em negrito devem ser pronunciadas com alguma ênfase.

de qual capela erguida dentro de qual fazenda, haviam pilhado aquela imagem.

mulher: sem me reconhecer, **ela** me sorriu. me sorriu o sorriso padrão de anfitriã. sorriu e veio em minha direção. praticamente a mesma desde aqueles tempos. e com o seu mesmíssimo sorriso padrão de dona da festa.

homem: ainda com os olhos presos ao anjo, você notou, vindas da sala, risadas sonoras, estrepitosas.

mulher: **ela** veio até onde eu estava. impressionantemente idêntica à memória que eu tinha **dela**. praticamente embalsamada. o mesmo modo de vestir. praticamente o mesmo penteado emoldurando seu mesmíssimo sorriso padrão de dona da festa.

homem: na grande sala, já apinhada de convidados, você acreditou estar em um concurso de gargalhadas e se intimidou.

mulher: **ela** se pôs na minha frente, e foi neste instante que entendeu quem eu era.

homem: sem ter o que fazer, você se deteve nas gravuras e óleos e águas-fortes, que sempre haviam lhe agradado.

mulher: neste momento o sorriso **dela** simplesmente desapareceu.

homem: após vinte minutos sem saber mais o que olhar, e o que fazer com as mãos vazias, sem ter mais como disfarçar o seu isolamento, foi só após vinte minutos que você o avistou.

mulher: ficamos sem dizer nada. uma de frente para a outra.

homem: **ele** estava em uma roda mais reservada. e percebendo a sua presença, mudou discretamente de lugar para não te cumprimentar.

mulher: até **ela** dizer, sem conseguir mais sorrir, até **ela** me dizer, com a expressão visivelmente desconcertada: que surpresa.

homem: você notou que **ele** conversava como se revelasse segredos de estado, e conseguia deste modo chamar mais atenção do que aqueles que procuravam sobressair pelo riso escancarado e os comentários em voz alta.

mulher: mas eu sei que **ela** nunca diz o que está pensando, que **ela** sempre, mesmo nos momentos aparentemente mais verdadeiros e abertos, sempre diz o contrário daquilo que pensa.

homem: você se admirou, com o modo **dele** sempre e em todas as oportunidades se distinguir, se diferenciar da maioria.

mulher: quando **ela** me disse 'que surpresa', eu traduzi imediatamente o seu comentário para 'que péssima idéia você ter vindo aqui'.

homem: você se espantou com os óculos que **ele** estava usando.

mulher: antes de me deixar, **ela,** com visível esforço, disse para eu ficar à vontade e aproveitar.

homem: você lamentou já não poder mais olhar diretamente nos olhos **dele.**

mulher: com 'ficar à vontade e aproveitar' **ela** queria dizer, sem dúvida, que eu fosse embora de sua casa o mais depressa possível; com 'ficar à vontade e aproveitar' **ela** queria dizer ainda que não sabia como eu tinha vindo parar ali e que certamente a cabeça de sua relações-públicas iria rolar.

homem: depois de sofrer a presença **dele,** e lamentar os seus óculos estranhos, você deu uma volta ao redor da piscina, tomou uma taça de vinho, para, exatamente à uma e quinze, ouvir a gargalhada **dela.** gargalhada rouca de contralto.

mulher: **ela** disse: fique à vontade e aproveite. e me deixou rapidamente.

homem: **ela** olhou para você, mas não te reconheceu. e por não te reconhecer, sorriu.

mulher: ela me deixou ali e, como eu pude ver, correu em direção a **ele**.

(*gongo*)

(*pausa longa*)

homem: não tinha como dar certo.

mulher: em todos estes anos, sempre alguém veio me falar dele. por descuido ou maldade, sempre alguém me informou sobre os seus passos. um ou outro me pondo a par de suas conquistas. de seu caminho para frente, para o topo, galgando e esmigalhando as cabeças das pessoas-obstáculo. sem enxergar o estrago que fazia nestas pessoas-obstáculo. e depois nos jornais. aqui e ali eu podia ler, podia saber de suas pequenas resenhas, de seus pequenos artigos. nunca de suas idéias. lia aqui e ali sua tagarelice desenfreada, mas nunca encontrava suas idéias. era sempre e apenas o pastiche de algum *scholar* estrangeiro, a cópia malfeita e descarada de algum autor ainda desconhecido de nós. e quando se pôs a lançar livros, uns atrás dos outros, numa prodigalidade admirável, você se lembra melhor do que eu, todo mês um livro novo saía do prelo com o seu nome, quando começou a publicar, eu me perguntava chocada como era possível aquilo. rá rá rá. como era possível!? eu devia ter logo imaginado. organiza... rá rá rá. ele era simplesmente o organiza... rá rá rá. o organizador. reunindo sobre os temas da moda os ensaios dos outros. é típico dele. usar os outros, que provavelmente pensam e suam, usá-los para sustentar o seu nome na capa. o organizador é quem leva a fama. é quem sobressai, a despeito do pensamento e esforço dos outros. reunir os ensaios alheios e pôr na frente, na capa do livro, o próprio nome. era de esperar. você se lembra melhor do que eu, desde aquela época, quando ele...

homem: ... (*fala com um pouco de tédio, como alguém que já tivesse ouvido esta história mil vezes, e agora a repete de* *cor e enfastiado*) quando ele, com seus tenros dezenove anos, já mostrava a tenacidade de um cão farejador...

mulher: ... (*achando graça na metáfora*) um cão farejador, fuçando em todos os cantos de nossa dita vida cultural, de nossa suposta vida cultural, revirando o lixo de nossa vida cultural, freqüentando sem nenhum critério todos os vernissages e todos os lançamentos e participando de todos os *workshops* de nossas *starlets* culturais. (*pausa*) foi neste exercício desesperado, coletando nos jornais os eventos de nossa elite cultural, de nossa autoproclamada elite cultural, foi neste exercício desesperado e sem nenhum critério que ele, você se lembra melhor do que eu...

homem: que ele te conheceu. (*pausa*)

mulher e homem: praticamente um menino, com seus tenros dezenove anos...

homem: ele se apaixonou pela mulher mais velha, fumando seu cigarro, soprando baforadas longas e meditativas, a mulher com o olhar perdido, se apaixonou pela mulher que estava...

mulher: ... presa, agrilhoada, ao papel ridículo de intelectu... eu sei o que você quer dizer. eu, que caí na armadilha e atuei no papel da mulher intelec... da mulher inteli... completamente perdida, tragicamente à deriva, como só uma mulher de trinta anos pode ficar.

homem: mas ele veio, tão jovem, tão curioso, que você...

mulher: ... que eu me enterneci.

homem: (*ri alto*) rá rá rá.

mulher: eu me enterneci!

homem: você se apaixonou pateticamente por aquele menino. você acreditou ser exatamente aquela que ele procurava em você. você, que ainda vivia à sombra de uma pequena fama juvenil, que ainda provocava algum rumor nas rodas em que chegava e que se contentava em viver à sombra de uma reputação antiga, você se apaixonou por ele, e da maneira mais patética, da maneira que só o desamparo, o total desamparo de uma mulher de trinta anos pode explicar.

mulher: eu me apaixonei...

homem: se apaixonou e o levou a tiracolo para cima e para baixo, por anos...

mulher: por cinco anos ininterruptos...

homem: ... apresentando pessoas, indicando leituras, lapidando a fala do menino com jargões mais sofisticados, cultivando, assim, sua pequena flor de plástico, seu reizinho da artificialidade, seu...

mulher: foi o que ele sempre quis. ele precisava de mim...

homem: ... precisava, mas quando entendeu a farsa que você criara, quando ele percebeu o caráter amador de seu teatro, quando ele viu que comprara gato por lebre, quando percebeu...

mulher: eu nunca pude sustentar o meu próprio teatro. não é isso o que você quer dizer? nunca. e não posso. e não vou. quando ele percebeu que eu não iria sustentar mais este teatro...

homem: ... ele sumiu.

mulher: não foi bem assim.

homem: ele sumiu e ainda te evitou empenhadamente, durante meses. até você desistir. quando ele viu o seu teatro amador, ele desapareceu.

mulher: não é verdade.

homem: evaporou.

mulher: não! você se lembra melhor do que eu. quando eu perguntei a ele: você está chorando? quando eu repeti: está chorando? o que houve?

homem: e ele respondeu: eu quero ficar sozinho.

mulher: você se lembra melhor do que eu. quando ele me pediu para ficar sozinho.

homem e mulher: naquele momento você(eu) reparou(reparei) que ele havia chorado. e entendeu(entendi) que ele iria chorar mais.

mulher: quando percebi que ele havia chorado e vi que iria chorar mais, naquele momento eu soube que o havia perdido. (*pausa*) nos seus planos, desde o princípio não houve espaço para lágrimas, não devia haver espaço para lágrimas. nem para o riso. desde o princípio, ele entendeu, quase que intuitivamente, que só devia sorrir com ironia ou com cinismo, e gargalhar apenas com escárnio. nada mais do que isto. desde o princípio ele intuiu que não deveria chorar. nunca. que nunca poderia deixar vibrar primeiro a sua emoção. que tudo deveria sempre passar antes de mais nada pelo crivo do seu discernimento. tudo primeiro pelo discernimento. e então, só então, de uma maneira mais fria e distanciada, ele poderia externar uma pseudo-emoção. desde o princípio ele tentou não chorar. mas chorou e riu na minha frente. antes de alcançar seu pequeno nirvana, ele riu e chorou. mas depois daquele tempo... não mais. depois... tenho certeza de que nunca mais.

(*homem abre livro e põe-se a sussurrar poemas, sem tom declamatório, ao fundo da fala da mulher*).

mulher: (*bem pausadamente*) à noite nós líamos poemas. toda noite um ou dois poetas, três ou quatro poemas escolhidos a esmo. (*pausa, ouve-se homem*) e cada frase me caía como uma sentença e me acuava. cada poema era um veto. 'aqui não. só se entra nesta senda nu e pobre'. eu, que vivia ainda à sombra de uma remota fama juvenil; e acreditava ainda no papel, nos papéis... cada poema me acusava. a noite do poema é uma longa noite da verdade. (*pausa*) 'aqui, não. a menos que se arranque a fantasia'. (*pausa*) mas ele não ouviu a sentença. não deu o salto. nem rompeu o véu. permaneceu intacto.

perfeito. invicto. à margem do poema. (*pausa*) à margem. (*pausa*) todo o verso seca em sua boca. mesmo que ele leia mil vezes e recite e possa explicar e dissecar o corpo do poema, mesmo assim, todo o verso sempre secará em sua boca. e ele permanerá à margem. (*pausa. homem pára de sussurrar*) quando ele chorou, quando vi que ia chorar mais, eu entendi a mágoa e o despeito, e soube que o havia perdido. eu li nos seus olhos o rancor. 'aqui não'. ele soube que jamais cruzaria a fronteira. jamais seria tocado. a ele não seria permitido trilhar o solo do poema. e chorou seu enorme rancor na forma de uma pequena, perfeita e cortante lágrima de vidro.

(*gongo*)

(*como se os dois descrevessem uma cena a sua frente*)

homem: ela...

mulher: ... e ele...

homem: ... os dois juntos...

mulher: .... e os amigos dela...

homem: ... os amigos de infância e adolescência...

mulher: ... ex-infantes e ex-adolescentes...

homem: ... não fosse pelos cabelos grisalhos...

mulher: ... eu sei, pareceriam os mesmos...

homem: ... incrivelmente conservados...

mulher: ... irritantemente conservados...

homem: ... o mesmo modo de rir...

mulher: ... das mesmas piadas bobas. há vinte anos rindo das mesmas piadas...

homem: ... e não há dúvida de que riem de...

mulher: ... de mim....

homem: ... de qualquer um que não pertença a este universo *in vitro* e inviolável.

mulher: que horas são?

homem: uma e quarenta.

mulher: pelo modo como estão se reunindo...

homem: .... e reunindo os convidados...
mulher: ... pelo modo como estão se movimentando...
homem: ... vai começar ...
mulher: ... vai...
homem: ... a cerimônia...
mulher: ... cerimônia, não!...
homem: ...a homenagem...
mulher: ... o ritual de ingresso neste universo...
homem: você viu?
mulher: o quê?
homem: parece que ela vai falar.
mulher: eu conheço esse discurso...
homem: ... 90% de adulação...
mulher: ... e 10% de cinismo para não perder a pose...
homem: ... e depois um dia, vão excluí-lo também.
mulher: ele? nunca.
homem: estão brindando.
mulher: se ele olhasse para cá, eu poderia...
homem: você não vai...
mulher: nem que fosse uma olhadela.
homem: você teria coragem?
mulher: coragem? coragem de quê?
(*gongo*)
mulher: no caminho para a (*pequena pausa*) homenagem, a cada semáforo, a cada parada, eu me perguntei
por quê. a cada parada eu quis dar meia-volta e não dei e
então me perguntava por que prosseguir. todos os faróis
vermelhos me alertaram: pare. me pediram: volte. mas
eu prossegui.
homem: não tinha como dar certo.
mulher: assistir de camarote à coroação do embuste. para
quê? e depois ficar noites e noites sem dormir, os olhos
abertos no escuro, remoendo, remoendo, os olhos vidra-
dos. recordando, repassando todos os detalhes. noites e

noites de desassossego, os olhos embaçados. e por quê? mas prossegui, ainda que eu soubesse das conseqüências. ainda que eu vislumbrasse as péssimas semanas seguintes, eu continuei.

homem: eu sempre soube que não ia...

mulher: e no final, até que... quem diria que... no final, até que valeu... como se diz, quem espera... ou melhor, a vingança é... não ... como dizem, quem ri por último...

homem: mas você não riu!

mulher: é um modo de dizer.

homem: você ficou totalmente indignada: um nó na garganta e o espanto, mas nenhuma reação. o corpo inteiro paralisado!

mulher: mas agora eu posso...

homem: mas foi totalmente diferente do que você tinha planejado.

mulher: eu não planejei nada!

homem: claro que sim! um: ir; dois: chegar; três...

mulher: ... executar... não!!! talvez... (*pausa*) eu não me lembro, mas... (*pausa*) mesmo que tivesse planejado, eu não esperava... as coisas nunca acontecem do modo como a gente planeja. tudo sempre acontece diferente do que se planeja. você sabe melhor do que eu. basta planejar alguma coisa para ela acontecer de um modo totalmente diferente do imaginado.

homem: mas você...

mulher: não importa.

homem: é claro que importa, você ficou arrasa...

mulher: não é verdade.

homem: olhe pra você. outra noite em...

mulher: pare.

homem: outra noite em claro, remoendo, remoe...

mulher: chega! chega! (*pausa*) você nunca dorme?

homem: nunca.

(*gongo*)
(*pausa*)

mulher: ele é esperto. isso eu tenho que admitir. é impossível não admirar a sua ladinice. e isso desde o princípio. vinte anos incompletos e já era visto perseguindo professores na universidade. rastejando-se atrás dos professores mais destacados, primeiro aqui e depois fora do país. e sem nenhum senso de coleguismo. atropelando os colegas. retendo informações, sonegando fontes. o verdadeiro antípoda da generosidade. até conseguir suas pequenas migalhas, suas pequenas gratificações.

homem: pequenas? ele subiu como um rojão. ele conquistou todos os títulos e todos os cargos que nem em cinqüenta anos você conquistaria.

mulher: se ele fosse apenas um pouco menos esperto, apenas um pouco menos, ele teria sido psicanalista, ou professor, ou artista. se ele fosse um pouco menos esperto, teria se contentado com uma dessas profissões: ou psicanalista, ou professor, ou artista. mas passar a vida atrás de um divã? atrás? sem poder expor seu charme de frente. porque ele sempre soube, desde o princípio, da sua bela estampa, ele sempre soube explorar e gostou de explorar a fraqueza dos outros por sua bela estampa. de modo que ser apenas uma voz, e ainda por cima uma voz por trás de um divã, deve ter-lhe parecido de imediato impensável.

homem: ele não se tornou psicanalista, mas dominou tudo sobre psicanálise. quantas vezes você não ouviu elogiarem o conhecimento dele a respeito da psicanálise. você nunca esqueceu o dia em que um amigo afirmou que ele era o maior *expert* em...

mulher: ele? conhecedor? ele? nunca! um mero repetidor. decorando nomes e datas e uns casos perversos para impressionar. não mais do que isso. ele não conhece nada de psicanálise, não entende nada de nada, nem sabe o que é a psicanálise. (*pausa*) porque é impossível alguém entender os desdobramentos funestos da psicanálise, alguém conhecer as tristes conseqüências da psicanálise, é impossível alguém acatar com sinceridade todos os.seus dogmas e não... é simplesmente impossível alguém acatar as verdades cruéis da psicanálise e não se suicidar imediatamente.

homem: você exagera sempre.

mulher: e professor, um obscuro catedrático, com os dedos sujos de giz e as roupas surradas, brilhando uma inútil fagulha no oculto de uma sala de aula, isso ele nunca quis.

homem: mas ele é professor!

mulher: professor! professor de quê? professor de impostura? como uma pessoa como ele pode ser professor?

homem: ele é professor e você sabe muito bem que os alunos fazem fila para serem orientados por ele.

mulher: ele usurpou desta profissão apenas o púlpito, a possibilidade do palco. para se pavonear. eu sei muito bem do que estou falando. que tipo de sabedoria ele pode oferecer, doar, partilhar? ele, o grande sonegador?

homem: você exagera sempre.

mulher: e artista? se ele fosse apenas um pouco menos esperto, um pouco menos... mas esta possibilidade ele descartou de cara. ele percebeu desde o início que não tinha o (*faz gesto com a mão*)... desde o princípio ele se amargurou e sofreu e chorou por não ter nenhum (*gesto*).... com o máximo de esforço ele seria apenas um artista mínimo. e descartou logo esta possibilidade. com o máximo de esforço ele conseguiria apenas não ser totalmente ridicularizado. ele nunca teve e nunca terá o (*gesto*)... e então ele sofreu e se amargurou e chorou. ele chorou. ele, que é o avesso do propriamente artístico, chorou.

a mulher no escuro ■ 35

homem: mas ele sabe muito sobre arte e dizem até...

mulher: sabe nada! nada. as artes não são feitas para se saber muito ou pouco sobre elas. cada vez que ele escreve sobre pintura, ou sobre música, sempre que ele discorre sobre literatura, é a morte da pintura e da música e da literatura. ele e seu bisturi conceitual. ele e seu bisturi, dissecando, seccionando, retalhando, esquartejando a obra até deixá-la absolutamente repulsiva.

homem: mas ele salvou do esquecimento obras importantes, todos sabem que ele tem realizado um grande trabalho como edit...

mulher: você não vai elogiar justamente o mais condenável nele, o mais...

homem: o seu grande trabalho como editor.

mulher: grande? você disse grande? um editor nunca é grande...

homem: mas ele teve o mérito de recuperar...

mulher: o mérito não é do editor, nunca. é do pobre abnegado que... destes coitados que... que mérito pode ter um editor? ele é esperto. ah, ele é esperto. nem professor, nem artista, nem... mas editor. quantos conhecidos já não me relataram vê-lo empertigar-se todo e dizer: eu sou editor. isso, sim. isso ele diz de boca cheia. porque como editor ele pode desdenhar e sujeitar esta pobre gente abnegada que... ele pode humilhar estes coitados que gastam suas vidas a escre... pode aviltar toda esta gente e ainda passar por benfeitor, e ainda passar por amante de livros.

homem: você está condenando a liberdade dele. não tem cabimento condenar a liberdade de ninguém.

mulher: liberdade? que liberdade?

homem: porque ele teve escolha, um leque de possibilidades. e explorou todas as possibilidades. ele foi pródigo em opções, e abusou desta liberdade. ele teve alternati-

36 ■ cláudia vasconcellos

vas. e agarrou tudo o que podia. um leque imenso. ele teve a seu dispor toda uma gama de possibilidades... e por que não as tomar? mas você? olhe pra você!

mulher: eu...

homem: o que coube a você? olhe o que coube a você!

mulher: eu...

homem: olhe pra você!!!

(*pausa longa*)

mulher: (*pausadamente*) nós que temos a arte como destino, não devemos reclamar. (*pausa*) mas podemos sofrer.

(*gongo*)

homem: à uma e cinqüenta e cinco ela terminou seu discurso e pediu a ele que dissesse também algumas palavras.

mulher: eu queria tanto dormir.

homem: ele hesitou, mas você sabia que ele nunca deixaria em branco aquela hora.

mulher: eu queria dormir.

homem: você quis sair da sala. teve realmente o impulso de sair da casa e não ouvir mais nada. mas ficou.

mulher: eu estou muito cansada.

homem: você ficou menos por curiosidade, do que por uma repentina prostração. um nó na garganta. o corpo inteiro paralisado.

mulher: eu não consigo dormir.

homem: depois de muitas evasivas, evasivas que você notou serem plenamente calculadas, ele conseguiu que todos os convidados implorassem por suas palavras. e discursou um amontoado de frases de espírito que, como você logo percebeu, haviam sido saqueadas de voltaire e de montaigne.

mulher: pobre montaigne...

homem: aos poucos, enquanto ele falava, paulatinamente foi se revelando, foi se concretizando aquilo que você intuíra desde o princípio...

mulher: eu preciso dormir.

homem: a verdade é que você não devia ter ido àquela festa. e lamentou ter ido até lá.

mulher: estou muito cansada.

homem: às duas horas em ponto, você saiu daquele lugar inóspito, praticamente sem ser notada.

(*pequena pausa. homem abre novamente o livro de poemas e sussurra enquanto mulher fala*)

mulher: quando ele chorou, quando vi que ia chorar mais, eu entendi a mágoa e o despeito, e soube que o havia perdido. eu li nos seus olhos o rancor. 'aqui não'. ele soube que jamais cruzaria a fronteira. jamais seria tocado. a ele não seria permitido trilhar o solo do poema. e chorou seu enorme rancor na forma de uma bela, perfeita e fria lágrima de vidro.

(*pequena pausa*)

homem: não foi nada disso o que aconteceu.

mulher: foi exatamente isso.

homem: você exagera sempre.

mulher: é um modo de ver.

homem: são as suas fantasias.

mulher: não!.

homem: (*desacreditando-a*) rá rá rá.

mulher: você nunca dorme? (*ela fecha os olhos*)

homem: nunca. (*ele fecha os olhos*)

FIM

SETE DIAS DO REI
monólogo em 7 atos

Esse homem ... é rei
apenas porque outros homens
comportam-se como súditos frente a ele.
Eles, ao contrário, pensam
que são súditos porque ele é rei.

KARL MARX

I

aos poucos e de modo crescente, a luz revela o rei, de pé, em frente a seu 'trono', sem vestes reais, sem coroa na cabeça, o braço erquido num brinde, em que falta a taça. a luz intensifica-se até iluminação ofuscante. repentinamente o palco cai em escuridão total. alguns segundos depois, a luz se acende sobre o palco vazio. entra o rei pela direita.

(*vibrante*) que dia. que dia. meu deus. o sol. o céu. e as mil flores. todas as cores. no caminho que fiz até aqui. eu vi. não vi. ver é muito pouco. eu enxerguei. isso mesmo. quem? ninguém além de mim.

que dia. só para chegar aqui e assegurar que ainda sou rei. sou o rei deste pedaço do mundo. porque é preciso que haja um rei. é preciso alguém para beber desta taça. e a cada um o seu lugar. meu deus. se houvessem me dito antes.

medo? faço o caminho que quiser. um rei não pode temer. a morte é um fato. quem nega? um fato. a morte pode estar aqui. e realmente está em seu lugar. como o rei. tudo tem o seu lugar. a morte tem o seu lugar. quem quiser que a procure. vão longe para buscá-la. quem quiser que vá longe para buscá-la. ai, os bobos da corte do rei. viajando para buscá-la. a vida escorrendo pelos dedos. a vida escorrendo e eles longe. não se busca a morte longe. a morte se encontra.

quando era jovem, sim. quando era jovem acreditava que ela vinha de longe. quando era jovem sobre o meu cavalo. a morte estava onde estava a glória. quando era jovem eu não via o caminho das cores das mil flores que me trouxe para cá. porque as flores, todas as cores eu trazia aqui (*bate a mão no peito*). não via nada. porque estava tudo aqui. quando era jovem sobre o meu cavalo. quando se é jovem só se tem tempo para correr. quando se é jovem só se tem tempo. hoje eu tenho um lugar. antes: todo o tempo. hoje: um único lugar.

mas é impossível não lembrar de um dia. um dia em que eu não era rei. ninguém nasce rei. podem dizer o que quiser. eu sei. ninguém nasce rei. e eu não era rei. é impossível não lembrar. quando andava pelas ruas, eu simplesmente andava pelas ruas. quando fumava um cigarro, eu simplesmente fumava um cigarro. quando me pediam as horas, eu simplesmente dizia as horas. quando tinha sono, eu simplesmente sonhava. e às vezes eu sonhava que era um rei. e quando eu era um rei, eu era um rei simplesmente. e um dia eu acordei. um dia eu acordei simplesmente rei. um dia foi assim. rei. já havia acontecido antes com outros reis antes de mim. porque houve antes de mim muitos reis que antes de serem reis não eram reis. e que um dia simplesmente. ninguém nasce rei.

que dia. meu deus. todo o dia acaba para recomeçar. nada como um dia atrás do outro. um exército de dias. fileiras de dias. uma hoste de dias em lenta marcha para trás. por seu rei. marchem. uma hoste infinita. a cada dia um passo para trás. porque hoje é um novo dia. um passo para trás. meu exército de dias que avança para trás. dias infames, que vão de ré. avançando pro esquecimento. por seu rei, marchem. os dias que vão embora. que não deixam marcas. e que também não levam nada.

mas os bobos da corte olham para o futuro. os bobos do rei. sempre longe. sempre adiante. nada como um dia atrás do outro. pobres bobos do rei com suas grandes expectativas. com suas ilusões. nada como um dia. como se bastasse passar o tempo para não sentir dor. ora os bobos da corte do rei. há que ser rei para saber que a dor não se esconde atrás do tempo. e coragem. há que ter coragem para ser rei. tudo tem o seu lugar. quando acordo. quando me levanto. a coragem ocupa seu posto em meu cansaço. porque sou rei há muito muito tempo.

às vezes quase me esqueço. mas é impossível não lembrar. às vezes quase. mas é impossível não lembrar de um dia. um dia em que eu não tinha um lugar, mas tudo tinha um lugar em mim. um vagalume. um fiapo de lã. uma pedrinha. tudo tinha lugar. a chuva. um punhado de sal. o latido dos cães. e o silêncio. é impossível não lembrar do silêncio. mas hoje o silêncio é outra coisa. hoje o silêncio é a própria espera do ruído. mas um dia não foi assim. um dia em que eu não tinha lugar. mas tudo tinha lugar em mim. mais um dia. mais um dia. mais um.

sai pela esquerda

II

entra o rei pela direita.

(*perplexo*) que dia. o sol. o céu. e as mil flores. todas as cores. eu vi. com meus olhos. no caminho que fiz até aqui. meu deus. ninguém além de mim. ninguém.

medo? mas é preciso chegar aqui para assegurar que ainda sou rei. sou o rei deste pedaço do mundo. porque é preciso alguém para ocupar este lugar. é preciso alguém para. pra derrubar esta taça. se houvessem me dito antes. medo. um rei não deve ter medo.

um rei não deve ter medo de não ser perfeito. ai, os bobos da corte do rei. limpando as escadas. varrendo as salas. lavando as cortinas. os bobos do rei. correndo os loucos e os mendigos para fora do jardim. que bobos. passam os dias a lavar as mãos. passam azeite nas mãos, nos braços, no corpo inteiro, que é pra nunca envelhecer. os bobos e seus ungüentos. os bobos e seus perfumes. os bobos e seus incensos. ai, os bobos do rei. com medo de não serem perfeitos. de não serem perfeitos para seu rei.

quando era jovem, sim. quando era jovem acreditava que era possível ser perfeito. porque tudo era perfeito. eu via e acreditava. quando se é jovem. eu acreditava no que via. eu via meu cavalo. os flancos lustrosos debaixo do sol. os músculos tesos cortando ar. eu via e acreditava. porque tudo era perfeito. quando era jovem, sim. acreditava que era possível. eu olhava minhas mãos. cabia tudo na concha das minhas mãos.

os bobos acreditam ainda em suas mãos. a vida escorrendo pelos dedos. os bobos da corte do rei deste pedaço do mundo. a vida escorrendo. e eles lidando com as suas mãos. pobres bobos. caiando as paredes. limpando as pragas. e todos os dias arrumando camas que serão desarrumadas. fazendo a cama para o sono do rei. todos os dias uma cama nova para os sonhos do rei. todos os dias uma cama nova para os velhos sonhos do rei. ai, que bobos, os bobos do rei. arrumando a cama para os velhos sonhos. o que sonha um rei? o que sonha um velho rei como eu? a mesma história toda vez. a mesma paisagem vazia. é assim. uma imensa paisagem vazia. não, não é um deserto. porque no deserto ainda tem a areia. é uma paisagem vazia, mas com chão. não, não é um chão de terra. porque se fosse de terra não seria uma paisagem vazia, existiria a terra. e é uma paisagem vazia, mas tem chão. não é um chão de pedras nem de mato nem de nada. é um chão de chão. um chão assim como eu falo chão. um chão vazio por onde passa um rei que não sou eu. um chão assim como eu falo chão. assim como eu falo pássaro e não tem nenhum pássaro

a mulher no escuro ■ 43

aqui. o chão de uma paisagem vazia por onde passa um rei que não sou eu. este é o sonho do rei. só isso, há muito tempo.

mas os bobos. ai, os bobos do rei. querem uma interpretação. os bobos morrem por uma explicação. o que significa o sonho do rei. os bobos da corte do rei se perguntam. qual o sentido do sonho do rei. se desesperam. e o rei desfazendo camas. noite após noite. sonho após sonho. meu deus. sou eu o rei deste pedaço do mundo. quem se importa. todos se importam com o rei. todos se importam com muitas coisas. todos se importam com muitas coisas desimportantes. pobres bobos da corte do rei. sofrendo por seu rei. sofrendo por coisas desimportantes. um rei, sim. o rei deve sofrer por seus bobos. o rei tem de sofrer por seus bobos. mas os bobos, estes não precisam sofrer por ninguém. pobres bobos, sofrendo por coisas desimportantes. por que maltratar o rei com seu sofrimento inútil? é o rei que deve se importar com seus bobos. não o contrário.

mas qual máquina funciona como deveria funcionar? que engrenagens nunca falharam? a máquina é imperfeita. máquina imperfeita. imperfeito criador. sou o rei deste pedaço do mundo imperfeito. pobres bobos que não sabem, nem devem saber de nada. é bom que acreditem que está tudo bem. mas o rei sabe. só o rei guarda esse segredo. para que os bobos possam se importar com suas coisas. para que possam se importar com suas coisas inúteis. pobres bobos. a vida escorrendo pelas frestas das caixas de suas inutilidades. qué dia. mais um dia. mais um dia. mais um.

sai pela esquerda.

III

entra o rei pela direita.

(*perplexo*) que dia. meu deus. o sol? o céu? as flores? não vi. não vi nada. no caminho que fiz até aqui. não enxerguei. não vi ninguém além de mim. e eu procurei. olha, que eu procurei.

mas é preciso estar em meu lugar. devo beber desta taça. devo sentir o peso. (*ergue a coroa imaginária com duas mãos sobre a cabeça*) devo sentir o peso do rei. (*equilibrando a coroa alguns centímetros acima da cabeça*) pesa o peso sobre o rei. o rei sob o peso do rei. (*põe a coroa*) tudo pesa sobre o rei. o céu? o céu pesa sobre o rei. com tudo o que há no céu. o que há no céu? no caminho que fiz até aqui não vi. não vi nada. um pássaro. uma nuvem. uma estrela. nada. pesa o céu sobre o rei. e não há nada no céu.

pesa o peso sobre o rei. tudo pesa sobre o rei. o mundo? o mundo pesa sobre o rei. com tudo o que há no mundo. o que há no mundo? no caminho que fiz quando vim para cá, não vi o que há no mundo. nem pedra. nem terra. nem pó. nada. pesa o mundo sobre o rei. e não há nada no mundo.

pesa o peso sobre o rei. tudo pesa sobre o rei. o medo? o medo pesa sobre o rei. pesa o medo sobre o rei e o rei não deve ter medo. os bobos, sim. os bobos do rei. os bobos podem ter medo. medo da peste. da sorte. medo do medo. os bobos do rei deste pedaço do mundo. pesa o medo sobre o rei e o rei não pode ter medo.

quando era jovem, sim. quando era jovem era permitido. mas eu não sabia. como saberia? era permitido ter
medo. e eu não sabia. quando era jovem sobre o meu
cavalo. quando cavalgava, era permitido ter medo. mas
eu não sabia. então corria. furioso. se houvessem me
dito antes. se houvessem me dito. e eu não sabia. mas
se houvessem me dito. então eu me jogava sobre a terra. então eu me deitava sobre a terra. e sentia medo. se
houvessem me dito. mas eu não sabia. porque senão eu
simplesmente sentia medo. pesa o medo sobre o rei e
não há nada que o rei possa temer. pesa o peso sobre o
rei. e suas mãos estão vazias.

os bobos, não. ai, os bobos da corte do rei deste pedaço
do mundo. os bobos seguram o que podem. tomam o
que podem. usurpam o que podem. as coisas nas con-
chas de suas mãos. a vida escorrendo. e gritam. e lutam.
e mentem, se podem, pelas coisas presas em suas mãos.
pobres bobos do rei. sob o falso peso das coisas bobas.

pesa o peso sobre o rei. e não há nada em suas mãos. mas
um rei precisa ser forte. forte. para suportar o incrível
peso das mãos vazias.

(*com vigor*) sou o rei deste pedaço do mundo. sou o rei.
ainda que acabe o dia. porque recomeçará. ainda que
acabe. porque retornará. meu deus. mais um dia. mais
um dia. mais um.

sai pela esquerda.

IV

entra o rei pela direita.

(***com desdém***) que dia. meu deus. o céu? o sol? quem é
que repara? flores? quem é que pode reparar? não vi. não
vejo. eu não quero ver.

mas sei. eu não vejo, mas sei. sei que este é meu lugar.
sou o rei deste. sou o rei. malditos bobos da corte do
rei. malditos bobos que vêem tudo e não sabem nada.
não sabem nada de seu rei. mas vêem. eles vêem o rei
saindo de seu quarto. vêem o rei caminhando. vêem
o rei em seu banho. vêem até. tudo. nada escapa. os
bobos e seus olhos de ver. mas não sabem nada. vêem o
rei brindar. vêem o rei sorver o vinho. e beber e beber e
beber. mas não sabem nada. como poderiam. malditos
bobos da corte do rei.

mas o rei sabe. sabe que tudo é espelho do rei. o rei não
vê, mas sabe. quando olha pela janela não vê. não vê nada
além da janela. quando olha pela janela não vê nada. mas
sabe que há um rei na janela. tudo é espelho do rei.

se houvessem me dito antes. medo? medo. um rei não
pode ter medo. um rei não pode ter medo de ser rei.
por mais que fique cansado. ai, o cansaço do rei. porque o rei está muito muito velho. mas os bobos não
se importam. malditos bobos da corte do rei. e pedem
para ver o rei. querem ver o rei. mas não sabem que o
rei está cansado. malditos bobos que querem ver, mas
não sabem. e querem um rei novo a cada dia. um novo
velho rei a cada dia.

malditos bobos que querem sempre um novo espetáculo. o rei está cansado, mas os bobos não se cansam com um novo espetáculo. o rei está velho, mas os bobos não percebem que também são velhos, porque vêem sempre um novo espetáculo. os bobos rindo de seu rei, porque é preciso, porque é preciso a cada dia um novo espetáculo. a vida escorrendo e o rei se dando a cada dia em novo espetáculo.

o rei está cansado de ser um novo rei a cada dia. porque às vezes não quer beber desta taça. porque às vezes não suporta este peso. porque não é fácil estar em seu lugar. mesmo assim o rei diz: este é meu lugar. o rei diz: sou o rei deste pedaço do mundo. porque é preciso. é preciso que o rei diga que é rei. é preciso que o rei esteja em seu lugar. a vida escorrendo pelos dedos. a vida escorrendo. e o rei em seu lugar. meu deus. mais um dia. mais um dia.

sai pela esquerda.

V

entra rei pela direita.

(*avoado*) dia. que dia? hoje? não sei. não sei que dia é hoje. no caminho que fiz até aqui não reparei. não sei.

que dia? hoje eu não sei. como saber que dia é hoje? um dia como ontem. talvez. os dias são iguais, quando se olha para trás. um exército de dias todos iguais. quando se olha para trás os dias são todos iguais. mas lá na frente. o que há lá na frente? quando se olha para frente. o que há lá na frente? não há nada lá na frente. nada. então o rei olha para trás. para os dias que conhece. porque para frente, nada. que dia? não sei. quem é que sabe? amanhã quem sabe eu diga que dia foi hoje. só sei do que passou. o resto não existe. agora? já é antes. este instante? já passou. depois? ninguém sabe. só sei do que passou. o resto, quem se importa? não há nada lá na frente.

medo? um rei não tem medo. um rei não tem medo do que não existe. sombras. fantasmas. futuro. um rei não tem medo do que não existe. por isso não se importa. que dia é hoje? quem se importa?

(*indignado*) mas os bobos, sim. os bobos se importam com o dia de hoje. hoje é dia, dizem. é hoje o dia, dizem. é hoje, dizem. ai, os bobos do rei. e mais. os bobos dizem mais. dizem que dia é amanhã. amanhã é dia, dizem. é amanhã o dia, dizem. é amanhã. os bobos e suas esperanças. pobres bobos do rei e suas esperanças. os bobos vivem por suas esperanças. a vida escorrendo pelos dedos. e eles brincando de esperar. a vida escorrendo. como são ridículos esses bobos. amanhã é o dia, eles dizem. é amanhã. a vida escorrendo e eles dizendo que amanhã.

quando era jovem, sim. quando era jovem sobre o meu cavalo. acreditava que amanhã. quando se é jovem se acredita no amanhã. porque eu corria. eu sobre o meu cavalo. eu corria e acreditava que amanhã. amanhã eu seria mais. eu sobre o meu cavalo. meu cavalo sob o sol. os flancos lustrosos cortando o ar. amanhã seríamos mais. eu e meu cavalo. como um só corpo sob o sol e cortando o ar. amanhã. mas só sei do que passou. eu sobre o meu cavalo. um dia passou. um dia foi assim. porque há sempre um dia assim. sob o sol e cortando o ar. como um só corpo. tão de repente. de repente quando vi. quando dei por mim. há sempre um dia. as coisas acontecem. quando dei por mim, ele estava lá. como é que foi? ele estava lá. simplesmente isso. e eu perto dele. simplesmente lá ao lado dele. seu corpo lustroso e inerte. e a velocidade que ainda passava por nós. a velocidade passou por nós. nós que éramos a pura velocidade. ela passou. quando o meu cavalo morreu, eu que fazia um só corpo com ele, me tornei metade de mim. quando disse adeus, era metade de mim que dizia: adeus. quando meu cavalo morreu, fiquei lá simplesmente. até que um dia. as coisas acontecem. de repente quando vi. eu era simplesmente rei.

é preciso ser meio para ser rei. um rei é um meio homem. um dia foi assim. um meio eu se tornou rei. um meio homem é um rei completo. porque um rei não tem tempo de ser um homem completo. porque um rei não tem tempo de ter medo e um homem completo tem medo.

mas os bobos, sim. os bobos têm medo do rei. sempre fugindo, se escondendo. malditos bobos brincando de se esconder. onde estão os bobos? o rei pergunta. e não ouve nada. os bobos se escondendo do rei. os bobos com medo do rei. o rei está só. onde estão os bobos? pergunta e não ouve nada. malditos bobos e sua brincadeira de esconder. os bobos têm medo do rei, porque o rei é muito diferente. os bobos têm medo de tudo o que é muito diferente. então se escondem. de medo. e o rei fica só. o rei chama: ei. o rei pede: ei. mas continua só. mas um rei não deve ter medo de estar só. às vezes se pergunta: onde estão os bobos? às vezes grita: ei. e continua só. malditos bobos brincando de esconder. às vezes o rei suplica: bobos. e não ouve nada. às vezes o rei até. e não vem ninguém. mas um rei não pode ter medo. ainda assim às vezes grita: bobos, bobos, (*sem forças*) bobos. que dia. mais um dia. mais um dia. mais um.

sai pela esquerda.

VI

entra o rei pela direita.

(***com vigor***) que dia. meu deus. o sol. o céu. e as mil flores. todas as cores. no caminho que fiz até aqui vi. não vi. eu enxerguei. não enxerguei. (***muda o tom***) no caminho que fiz quando vim para cá, não vi nada além de mim. ninguém além de mim.

o rei não vê nada além do rei. o rei vê o rei. e isso já é muito. o rei não pode ser nada além de rei. então o rei diz: sou eu o rei. e já disse tudo.

a cada um o seu lugar. a cada um o que lhe pertence. ai, os bobos tão bobos do rei. querendo o que não lhes pertence. pobres bobos. porque não é fácil saber o que nos pertence. o que nos pertence? é preciso muita atenção. muita atenção e silêncio. pobres bobos que se distraem. pobres bobos que só querem se distrair. a vida escorrendo. e eles atrás do que não lhes pertence. o que lhes pertence? o rei só sabe do que pertence ao rei. sua taça, sua coroa, seu lugar. mas os bobos, não. os bobos se distraem com tudo. e querem todas as coisas. mas os bobos não amam as coisas. porque sempre querem outras coisas além daquelas que já têm. os bobos não têm tempo para amar as coisas. porque só têm tempo de querer. mas o rei ama as suas coisas. porque tem tão poucas coisas. sua taça, sua coroa, seu lugar.

mas às vezes o rei duvida. duvida se as coisas pertencem ao rei. porque às vezes é como se o rei pertencesse às coisas. às vezes o rei se espanta. às vezes até. porque às vezes é como se o rei fosse escravo das coisas. o rei não é rei sem as suas coisas.

quando era jovem, sim. quando se é jovem. quando era jovem não era escravo de nada. não tinha nada. quando era jovem. nem taça nem coroa nem lugar. quando era jovem eu não tinha nada. e, se riam de mim, eu dizia: sou livre. não tinha nada. nem o que vestir. e, se riam de mim, eu dizia: eu visto o meu corpo. quando se é jovem se pode dizer. quando se é jovem se deve dizer: eu visto o meu corpo. porque quando somos jovens somos belos. e eu dizia: eu visto o meu corpo. porque quem veste o próprio corpo é livre. e, se riam de mim, eu ria porque riam de mim e dizia: sou livre. o meu riso dizia: sou livre.

mas um rei, não. o rei não pode ser livre. o rei tem de zelar por seus bobos. protegê-los. perdoá-los. os bobos precisam do rei para ser bobos. para que possam errar. e ser perdoados. mesmo quando o erro dos bobos é magoar o rei. mesmo assim o rei perdoa. porque não há rei se não houver bobos. mesmo quando riem. e os bobos riem. quando o rei passa, os bobos riem. mas o rei perdoa.

o rei não pode ser livre. porque perdoa os bobos, mas continua escravo de suas mágoas. todo o rei é triste, porque perdoa. porque liberta os bobos, mas se escraviza às suas mágoas. a tristeza do rei. malditos bobos inventando a tristeza do rei.

medo. um rei não tem medo de não ser livre. um rei não pode ter medo de ser o que é. mesmo quando não entendem o rei. mesmo quando se escondem do rei. mesmo quando riem. porque os bobos riem. os bobos riem sem parar. malditos bobos rindo de seu rei. e o rei não pode dizer que é livre. os bobos rindo do rei. e o rei não é livre.

quando era jovem, sim. quando se é jovem. quando era jovem, eu não tinha nada. e, se riam de mim, eu dizia:

sou livre. não tinha nada. nem o que vestir. e, se riam de mim, eu dizia: eu visto o meu corpo. então paravam de rir. quando dizia: eu visto o meu corpo, paravam de rir. mas os bobos não param de rir. os bobos riem sem parar e o rei não pode dizer que veste o seu corpo. o rei não tem corpo. o rei só tem a sua nudez.

sou rei. sou eu o rei. ainda que se riam. sou eu. eu sou o rei. (*move-se com dificuldade*) meu deus. mais um dia. mais um dia. mais um.

sai pela esquerda.

VII

entra o rei pela direita.

(*atordoado*) que dia é hoje? o mesmo céu. o mesmo sol. as mesmas coisas no mesmo caminho. que dia é hoje? hoje é o dia de sempre. quem? ninguém além de mim. eu já disse. ninguém.

eu sou o rei de sempre. no meu lugar de sempre. com taça e coroa. o mesmo rei sempre. e um vinho que nunca termina. pobres bobos que passarão. os bobos sempre passam. só o rei é eterno. ai, os bobos do rei. trocando de roupas. mudando de casas. virando a folha dos dias. até o último dia. não é assim? porque sempre há um último dia. um último dia para os bobos. um longo e mesmo dia para o rei. é sempre o mesmo dia para o rei. mas os bobos não entendem. e, se entendem, os bobos desprezam. a vida escorrendo pelos dedos. e os bobos desprezam a eternidade. malditos bobos que desprezam a eternidade do rei. a vida escorrendo. e então tocam sua música e dançam sua dança. malditos bobos, que tocam e dançam até o último dia.

quando era jovem, sim. quando era jovem eu também rodava e celebrava. quando se é jovem é possível girar e celebrar. o suor me molhava, mas eu prosseguia. às vezes eu até cantava. a boca cheia de flores. e os hinos que eu cantava eram hinos de guerra. pobres bobos que não sabem que os únicos hinos que importam são os hinos de guerra. e eu gritava. quando se é jovem é impossível não gritar. eu gritava meu grito de guerra. pobres bobos do rei que não sabem o que é gritar a guerra. pobres bobos que não sabem o que é gritar a guerra com a boca cheia de flores.

medo? o rei não tem tempo para o medo. mas ainda que tivesse. é possível que. mas o rei não tem medo. mas se tivesse. sim. se o rei tivesse medo. ainda assim seria rei. o mesmo rei. só que com medo. se pudesse sentir medo, o rei seria o mesmo rei. mas com medo. e os bobos não saberiam. malditos bobos que não teriam este prazer. que nunca saberiam do medo do rei. porque um rei com medo é igual a um rei sem medo. porque um rei com medo sabe dissimular. porque um rei com medo usa o mais perfeito disfarce da coragem. o rei não pode ter medo. mas se tivesse. era só dizer. dizer com a voz forte: sou o rei, sou o rei deste pedaço do mundo. e os bobos acreditariam. os bobos acreditam em tudo o que diz o rei. se o rei diz: sou feliz, os bobos acreditam. se o rei diz: tenho poder, os bobos acreditam. se o rei diz: não tenho medo, todos acreditam. todos acreditam nas palavras do rei.

mas o rei não acredita em seus bobos. o rei duvida de seus bobos. malditos bobos inventando a dúvida do rei. porque, quando o rei chama: ei, bobos; os bobos não respondem.

porque quando o rei pede que venham, os bobos se escondem. o rei chama: ei. mas os bobos se escondem. ei. ninguém. ninguém além do rei. então o rei duvida. duvida se é mesmo o rei deste pedaço do mundo. malditos bobos, que às vezes parecem reis enganando um pobre bobo.

quem? ninguém além de mim. eu já disse. ninguém. eu não vou repetir. no caminho que fiz para cá. eu procurei. é claro que eu procurei. atrás dos móveis. debaixo da cama. dentro dos armários. nada. no meio das moitas. dentro das latas. eu olhei tudo. nada.

medo? eu já disse: um rei não tem medo. um rei não tem medo nunca. ainda que os bobos se escondam. o rei não tem medo. ainda que os bobos se riam. malditos bobos. ainda que riam do rei. (*ouvem-se risadas ao longe*) o rei não pode ter medo. o rei não deve ter medo. não deveria. mas se tivesse. se por acaso fosse difícil demais. se por acaso fosse triste. malditos bobos. então o rei diria. com a voz forte. diria e repetiria muito alto. que o medo ia embora. basta eu dizer com a voz forte: sou o rei, que o medo vai embora. sou eu o rei. sou eu. eu sou o rei. eu digo. (*ouvem-se risos, gargalhadas, cada vez mais fortes*) ainda que riam. sou eu o rei. eu sou o rei. eu sou o rei. e o medo vai embora.

se houvessem me dito antes. eu sou o rei deste pedaço do mundo. sou eu o rei. sou eu. eu sou o rei. (*ouvem-se mais e mais risos*) eu sou o rei. sou eu o rei. sou eu o rei. eu. eu sou o rei. eu. eu.

o palco escurece.

FIM

A MULHER NO ESCURO

personagens: mulher 1, mulher 2 e mulher 3 (ou m1, m2, m3; ou ainda memória, consciência e juízo).

elocução: torrencial. variação apenas no volume das vozes.

sugestão: que as vozes ecoem umas nas outras, com repetições, sussurros, ecos.

blackout. breve som irritante de piano. luz cresce, revelando as mulheres lado a lado. m1 abre a boca para um grito que não sai. ouve-se respiração ofegante de m2. m3 sussurra.

m3: de onde vem
o grito por que vem
de onde o grito que vem agora
que não há mais
tempo de nada que chega
o tempo de onde vem
por que
vem o grito
(*pausa*)
agora que não há tempo
de mais que chega
o grito de
onde agora que só
há tempo de nada
(*pausa*)
de onde
vem o grito o grito
onde
(*pausa*)
de onde vem o grito
por que vem de onde
o grito que vem agora
que não há mais
tempo de nada que chega o tempo
de onde vem
por que vem
o grito
(*pausa*)
agora que não há tempo de
mais que chega

o grito
de onde
agora que só
há tempo de nada
(*pausa*)
de onde
vem o grito o grito onde
(*pausa*)
de onde vem o grito
porque vem
de onde o grito que vem
agora que não há mais tempo de nada
que chega o tempo
de onde vem
por que vem o grito
(*pausa*)
agora que não há mais tempo de mais
que chega o grito
de onde
agora que só há tempo de nada
(*pausa*)
de onde vem o grito
o grito
(*m1 abre a boca para um grito*)
m1: mãe! mãe. mãe? mamãe...
(*variações sobre o mesmo apelo, tímido, desesperado,
cansado, patético, triste*)
m2: saudade vazio silêncio
três escuridões
(*apelo de m1 continua, mas sussurrado*)
silêncio
som ouvido
o ouvido do silêncio é som
m1: mãe

m3: depois querer saber
como se bastasse
m1: mas pra onde ela foi?
m3: como se bastasse saber
m1: mas por quê?
m3: querer saber
m1: e quando ela vai voltar?
m3: querer
m1: e por que não?
m3: saber
m1: e por que não?
m3: como se bastasse saber o nome do que não se entende
o nome da palavra nova é sempre nome
sempre novo
m1: minha mãe morreu
minha mãe morreu
morreu morreu
morrer
(*m1 vira-se de costas e ataca um acorde em um piano imaginário, notas do piano tocadas a esmo acompanham a fala seguinte*)
m2: é diferente de falar
mais concreto porque vem das mãos
é como construir uma casa mas de matéria sutil
é diferente de falar
mais concreto porque palavras falam mas a melodia diz
palavras fogem para os confusos abismos mentais
mas a melodia imprime ao corpo uma marca inviolável
dá ao corpo de carne e peso sua incorporeidade
(*pausa*)
inventa-lhe a alma
m3: era tão engraçado
as teclas brancas e pretas formavam dois exércitos rivais

que se misturavam numa batalha sem vencedores
numa batalha de exibicionismos
semínimas brancas
colcheias negras
mas você não sabia ainda o que eram mínimas e semínimas
era só uma brincadeira
você não sabia nem
você sabe agora?
não sabia
(*pára o piano*)
não sabia nem para onde ia o som
(*silêncio. m1 volta-se para frente*)
m1: ninguém me ensinou não
m3: eles estavam admirados
m1: fui eu que fiz
sozinha
na hora
m3: estavam espantados
m2: se houvesse um espelho aqui que fosse o maior
que rodasse as quatro paredes
para que eu pudesse ver cada recanto de mim
maravilhosamente eu
m1: eu inventei
m3: eles ficaram assustados
m1: mas
m3: foi a tia que disse
que música horrível barulho desconcerto
como deve sofrer a mãe a falta ninguém
o que fazemos agora a loucura
m2: se o chão se fendesse que fosse de repente rapidamente
para que eu não pudesse ver nada
para que ninguém pudesse me ver
m3: foi o tio quem desdisse
interessante

quem sabe umas aulas um incentivo
alguma regra um limite
m1: aceito sim
m3: nem tanto nem tão pouco
(*exercícios de piano bem tocados e monótonos*)
m1: boa aluna? eu não sei tia ele nunca me elogia
m3: mentira
m1: verdade tia
m2: ou tudo ou nada a medida impossível do desejo
querer mais além do máximo
condição dos insatisfeitos
tudonada nada
m1: chega
(*páram os exercícios*)
m3: você nunca suportou o silêncio
m2: silêncio saudade vazio
três escuridões
(*pausa*)
m3: você nunca entendeu por quê
e entende agora?
porque você não entendia o movimento pelo qual de repente iam embora todos os elementos
todos eles elementos comparsas conspiradores
sumiam de repente todos aqueles sem os quais existe o
silêncio
e eles iam embora com um gesto mínimo
(*gargalhadas, risos*)
m2: ao redor do sol giram os planetas
uma ciranda divertida
ouvem as risadas de longe
um prazer transbordante
pressentido por galáxias distantes
inveja cósmica
júbilo heliocêntrico

m3: as amigas
primeira platéia
m1: *se* eu fosse um pintor eu quebrava os pincéis
passava a tinta nas mãos e lambuzava a tela
se eu fosse uma atriz só representava nua
se fosse uma planta
uma trepadeira
se fosse um pote transbordaria
mas eu sou música
(*pausa*)
m3: então você deveria cantar gritar
qualquer coisa assim visceral
independente de qualquer instrumento
diretamente em qualquer direção
você deveria ser só você na lógica do que falou
sem pincel sem roupa sem limite
m1: mas eu tenho o piano
m3: então você deveria deixá-lo
abandoná-lo
destruí-lo
qualquer coisa assim sem volta
tornando independentes você e sua música
cantar gritar
qualquer coisa assim lógica
assim logicamente
m1: eu só tenho o piano
m2: como amar aquele aquilo que contradiz aquilo
aquela única força que se tem
que se preza
que se considera sua imagem mais clara?
como amar o que contradiz a imagem que parece ser
a mais certa imagem de si mesmo?
m3: o piano é o máximo que o piano pode ser
m1: eu transbordo

m3: ele abafou sua voz
m2: o grito
(*m1 vira-se de costas e ataca 'o piano' com melodia nervosa, irritante*)
m2: não é o caso do necessário destruir
depois do qual surge a obra nova
nem é o caso de queimadas nas matas
para posteriores colheitas
nada a ver com a morte que dá lugar à vida
com a temida noite antes do dia
não se afina com a idéia comum de uma loucura sempre incomum
que pede para ser explicada
é o caso sim de um imperativo inevitável
que força rompe acontece
e o que se entende disso
é simplesmente o que não se entende
(*pára melodia. m1 volta-se para frente*)
m1: alô? alô?
alô? alô tia?
tia? mais alto não dá para ouvir
tia?
m3: de onde vinha o som quando o som não vinha?
m1: alô tia que saudade
m3: mentira
m1: eu disse que saudade
m3: mentirosa
m1: que bom que está tudo bem
aqui é bonito
uma boa escola
não ainda não
ninguém quis me conhecer
m3: você não quis conhecer ninguém
m1: eu tenho meu quarto meu piano

eu posso praticar nos intervalos
manda um beijo pro tio pra senhora
eu também
muita saudade
m3: como pôde dizer saudade
se você só olhava para além do momento presente
se você só queria saber do depois
dos amanhãs
do que estava por vir
se não sabia o que era qualquer coisa além dos sonhos
qualquer coisa além das constantes tentativas de adivinhação
(*vozes sussurradas recitam fórmulas de física por dez
segundos*)
m2: aula de física voz do professor silêncio dos átomos
m1: idiotas
como podem ser tão chatos
todo mundo
como é possível toda a gente assim estúpida
ignorante
como podem ser tão fracos
tolos
toda a gente assim tão triste
m2: de longe a estrela é bonita porque está solitária
de perto é só fogo explosões
seu ódio por estar sozinha
m1: vocês não se enxergam?
m3: você se enxergava?
(*m2 e m1 ficam de frente uma para outra como em um
espelho*)
m2: os outros são sempre de cristal
do mais fino cristal
eles são
sempre são o perfeito espelho das tuas imperfeições
se você tem medo eles fogem

se você cospe eles te molham
se você diz não eles respondem nunca
m3: era tão engraçado era como um jogo
você descobria naquele exato instante que era mais uma
brincadeira
e com regras elementares
o que faltava para dar certo?
m2: diferente de querer saber
é tudo uma questão de saber querer
m1: eu quero uma platéia
quero sempre uma platéia
m3: então bastava começar o jogo
m2: se você diz pouco eles te esvaem
mas se você sorrir eles te farão cócegas
se você estiver contente eles serão a razão do teu conten-
tamento
(*pausa*)
m1: sim senhora
eu posso tocar uma peça
não senhora
eu não vou tocar nenhuma composição minha
escolho uma bem
uma bem tradicional
eu sei
é melhor assim
m3: depois o diretor
m1: quero escolher o repertório senhor
sei que é importante
a formatura
uma melodia com a cara do futuro
(*m1 vira-se de costas para tocar o piano e toca melodia
tradicional que aos poucos dá lugar a uma antimelo-
dia, a um som caótico*)
m3: cínica

m2: coragem é a capacidade de a qualquer momento
em qualquer lugar
estar só
de transformar a toda hora
em qualquer canto
o mundo em qualquer coisa quieta silente assustada
coragem
o que ninguém entende
m3: cada rosto daqueles que te fitavam não conheciam
não reconheciam o que uma vez conheceram em você
você não reconhecia ninguém
(*pára a música*)
m2: há pontos sobre o mapa que se inventa
a partir dos quais não há retorno
pontos de adeus
pontos pretos de dúvida
pontos-passagem que contam histórias da chegada
mas calam aquelas da partida
(*ouve-se respiração arfante*)
m3: porque era inevitável veio
por detrás da pele
de dentro do corpo
o que é que te queria?
que vinha e se anunciava estou aqui
mais que isto estarei aqui
mais forte ainda estive sempre aqui
o que é que te queria?
que chegava
que acordava
que nunca mais ia embora
dentro do corpo e depois
antes depois de tudo
(*pára a respiração arfante*)
m2: pra onde vai a dor?

a mulher no escuro ▪ 67

o desejo não vai embora

m1: (*fala como se rezasse*) liga liga liga me liga me liga liga me liga toca toca toca por favor por favor por favor (*continua falando baixinho esta ladainha*)

m3: patético

m2: se ninguém vê ninguém sabe

m3: mas você vê não vê?

m2: se ninguém vê eu esqueço depois eu esqueço

m3: patético

m2: há dois de mim

dois lados em mim

um dos outros outro meu

o lado de lá é pra eles

pra mim o lado de cá

ficam com o de não entender

e por isso com o espanto

e por isso com o que é digno de mostrar

pra mim resta todo o resto

que se compreende fácil

todo resto que não presta pra surpresa e é triste

m1: um dia esqueço

m3: mas você não esqueceu a pergunta

pra onde vai

m1: alô

não não

não é daqui

m3: pra onde vai

m1: alô

não

não é aqui

m3: pra onde vai o que não é silêncio?

(*telefone toca*)

m1: alô

entrevista?

claro eu vou
m2: inacreditável
o inacreditável acontece
m3: de repente acontece
sempre acontece de repente
o que antes não acontecia
(*vozerio*)
m1: por favor uma pergunta de cada vez
(*vozerio*)
m3: era tão engraçado
era como uma brincadeira
e eles acreditavam nas tuas palavras
m2: quem não mente não precisa também dizer verdades
m3: quando?
m1: desde há muito tempo
m3: por quê?
m1: porque não tive escolha
m3: emoção? razão?
m1: a razão é escrava
sempre é escrava de alguma coisa
m3: pra quem?
m1: pra mim
m3: os outros?
m1: em cadeiras à minha frente
m3: pra onde?
m1: não sei
m2: não sei mas ainda assim pergunto
pergunto porque não sei
respondo que não sei
mas responder não sei é igual a perguntar por quê
m1: se eu fizer isso, senhores
(*mãos pelo piano displicentemente*)
uns saem da sala outros me aplaudem

no final tanto faz
todos precisam dizer alguma coisa
m3: mas você também quis saber o que era
você também o tempo inteiro duvidou desconheceu
disse alguma coisa
m1: é preciso dizer alguma coisa
m2: é preciso dizer qualquer coisa
no silêncio há sempre uma promessa
m3: então você matou as pequenas esperanças
m1: vocês gostam de tirar conclusões
m3: conclua
m1: pra mim tanto faz o que falam
toda opinião é apenas uma opinião
m2: quando anoitecer
pede que abram as janelas pra ouvir as vozes lá de fora
pede que não acendam luzes
depois fica na espreita
vozes dizem palavras que sempre escapam
mas a noite será tua se você não disser nada
m3: conclua
(*m1 ataca um acorde final ao piano*)
m1: adeus
m2: estamos sós
o tempo todo
sem ninguém além de nós
absolutamente sós
m1: adeus
m2: estamos sós
sem perceber que estamos
até que alguém vai embora
m1: tio tia
m2: quando alguém vai embora
percebemos o quanto estivemos sempre sós
m1: tia

m3: ninguém cabe no lugar de quem vai embora
m2: vazio saudade silêncio
três escuridões
(blackout, *cochichos*)
m1: acende a luz
m3: o quê?
m1: a luz acende a luz
m2: mas eu quero dormir
m3: o quê?
m2: dormir dormir
m1: eu não quero
m2: mas eu quero shhhhh
m1: você não pode se eu não quiser
m2: pára
m3: o quê?
m2: pára
m3: mas o que é que eu fiz?
m2: não você
ela
pára
m1: acende a luz então
m2: está bem
mas antes você tem que prometer ouvir uma coisa
m1: o quê?
m3: o quê?
m2: quieta
m3: mas
m1: ouvir o quê?
m2: um segredo
então pára pára
m3: mas eu
m1: vai diz
m2: não adianta não há saída
m1: diz

m2: é isso

m3: se você acender a luz tem uma porta aí na frente

m2: eu não vou acender

m1: você prometeu

m2: eu menti

m3: tem uma porta aí é só acender

m2: não

m1: então por quê?

m3: por quê?

m2: eu não quero

(*páram os cochichos, fim do* blackout)

m3: ele queria saber

m1: não

eu estava dormindo

não tem problema

era um pesadelo

qualquer coisa de labirinto

sei lá

m2: dormir dormir dormir

sonhar sonhar

acordar

dormir acordar dormir acordar

trabalhar trabalhar trabalhar

m3: ele insistiu

m1: não

eu estava ensaiando

tudo bem

já estava cansada

é bom conversar

m2: trabalhar trabalhar trabalhar

se cansar descansar

se cansar descansar

m3: ele quis entender

m1: não eu estava aguardando

esperando alguma coisa
qualquer coisa
m2: se cansar descansar
esperar passar
esperar esperar
esperar dormir dormir
esperar passar passar
(*barulho do trem*)
m3: um dia passou um trem sem passageiros
lembra
passou sem ninguém o trem que você viu um dia
ele passou e te levou
pelo menos um pouco de você foi embora naquele trem
vazio
um pouco de você não voltou mais
m1: senta
faz tempo
eu
m2: dar tempo ao tempo
dar de si para si mesma
m1: eu vou embora
não diz nada
eu
m3: um dia passou um trem sem passageiros
m1: um dia eu vi um trem sem passageiros
eu já não estou mais aqui há muito tempo
eu
m2: no espaço ou no tempo
espaço de tempo
m1: eu só sei estar só
foi bom que nós
eu
m3: um pouco de você não voltou mais
m1: eu já decidi não tem volta

m2: tudo o que se perde quando se escolhe um entre o infinito
tudo o que nunca vai se saber nem sentir
tudo o que se abandona quando se escolhe
este um entre o infinito é seu
é seu este um
sua mais íntima e risível possibilidade de infinito
m3: ele disse fica
m1: já disse não tem volta
m3: ele prometeu o máximo que podia
m1: não
m2: tudo o que nunca vai se saber quando se escolhe
tudo o que nunca vão entender de sua escolha
(*m1 volta-se para trás e toca*)
m3: quem é você?
m2: quem sou eu?
m3: você é o que você toca
m2: eu sou mais que minha música
m3: o que é sua música?
m2: minha música é onde me escondo
de onde não sei mais sair
m3: quem é você além da música?
m2: sou uma pergunta
m3: que tipo de pergunta?
m2: uma pergunta absoluta
m3: o que significa isso?
m2: que quero uma resposta absoluta
m3: você acredita nisso?
m2: acreditar é se lançar no escuro sobre o que não se sabe
eu me lanço
m3: e pra quê?
m2: porque é melhor do que nada
m3: você faz as coisas só por que fazer alguma coisa é melhor do que não fazer nada?

m2: sim
m3: deve haver um outro motivo para as suas ações
m2: é preciso fazer alguma coisa eu componho
não sei pra quê
m3: sua obra é sua forma de não morrer
m2: minha obra é uma outra maneira de perguntar
m3: e quando virá a resposta?
m2: quem sabe no último instante
m3: a morte é sua resposta?
m2: a morte é sempre uma pergunta
m3: você não tem medo?
(*pára a melodia, m1 volta-se para frente*)
m1: estou melhor obrigada
m3: você teve medo
m1: agora me sinto melhor
eu vou enviar as partituras
m2: faz frio
m1: a idade eu sei
não consigo ter paciência
m2: faz frio quando anoitece
m1: de que me serve a paciência
a paciência é dever de casa dos jovens
eu não tenho tanto tempo
m2: faz frio quando anoitece
e as pessoas fecham as portas das casas
apagam as luzes
m1: obrigada eu prefiro ficar só
m2: faz frio quando anoitece
e as pessoas fecham as portas das casas
apagam as luzes
dão boa noite
e esquecem no sono suas lembranças
faz frio quando anoitecem lembranças no sono
quando se esquecem de nós

quando dormem
quando dormimos
m3: você teve medo de não existir
de em nenhum lugar existir
m1: hoje eu digo o passado mas não ouço nada
m3: pra onde vai o que passou?
m2: não passa nunca esta vontade de saber
m3: como se bastasse saber
m1: entrem entrem e se espalhem
(*burburinho*)
m3: eles vieram pra te ouvir
m2: eles vêm me dizer adeus
m1: hoje eu darei pra vocês duas decepções
m3: eles queriam a música
m1: não vou tocar nada
m2: não posso mais o que podia antes
nem posso mais o que era
o que sou agora que não sou mais nada do que fui?
que só me desconheço?
m3: eles queriam no mínimo uma explicação
m1: também não tenho nada a dizer sobre minha música
m2: qualquer discurso ficará sempre aquém da revelação
de qualquer melodia
m3: mas eles aguardaram
m1: os velhos não sabem mais do que vocês
em verdade sabemos menos
o que vocês esperam?
m3: eles não acreditavam e aguardavam
m2: só se aprende aquilo que já se conhece
m1: eu também estou plena de dúvida
não sei nada além do que não sei
m3: mas eles te olhavam
como se ainda fosse possível um desvelamento

um último sinal revelador
uma explicação que apaziguasse a angústia de não saber
eles te olhavam e te imploravam uma razão
uma causa
a genealogia da dor
da tua
da deles
suplicavam um motivo que fosse
m2: meu desespero manso sem forças
m3: e você os olhava
como se fosse possível um desvelamento
um sinal uma explicação
uma razão para aquela hora
um motivo
alguma coisa diferente de uma pergunta
m2: meu desespero sem forças
m1: agora vão preciso ficar só
m3: você sempre esteve só
(*respiração arfante de dor, m1 abre a boca para um gri-*
to mudo)
m3: de onde vem
o grito por que vem
de onde o grito que vem agora que não há mais
tempo de nada que chega
o tempo de onde vem
por que vem o grito
(*pausa*)
agora que não há tempo
de mais que
chega o grito de
onde agora que só
há tempo de nada
(*pausa*)
m3: de onde

vem o grito o grito
onde
(*pausa*)
m3: de onde vem o grito
porque vem
de onde o grito que vem
agora que não há mais tempo de nada
que chega o tempo
de onde vem
por que vem o grito
(*pausa*)
m3: agora que não há mais tempo de mais
que chega o grito
de onde
agora que só há tempo de nada
(*pausa*)
m3: de onde vem o grito
o grito
(*pausa*)
m2: pra onde vai pra onde vai
(*m1 abre a boca para um grito mudo*. blackout)

FIM

TRYST

observações:

personagens: primeira reclamante, ouvinte, segundo reclamante.

sobre a pontuação: a pontuação deve ser respeitada. sua intenção é ao mesmo tempo se aproximar da fala comum, com interrupções de pensamento, com hesitações. e também criar um certo estranhamento. do mesmo modo as pausas (pequenos silêncios) e os silêncios (silêncios prolongados) devem ser seguidos.

sobre o palco: durante toda a peça, com exceção do último minuto, só será ocupada a parte do palco próxima à platéia (o proscênio). a outra metade, dividida por uma tela, fica no escuro, e só se revelará no fim.

sobre a trilha: os silêncios da reclamante podem ser preenchidos por uma trilha, um solo de cello, por exemplo.

1.

barulho de porta se abrindo. na lateral esquerda, sombra de porta se abrindo. entra a reclamante. ela vacila. olha para o recinto. arregaça as mangas, olha para o relógio de pulso. ela fecha a porta. analisa mais uma vez o local. dirige-se, então, com uma ficha na mão, a um banco comprido encostado ao fundo à esquerda. senta-se. olha a ficha. olha para um painel luminoso em que se lê 345. o painel vai trocando os números 346, 347, 348... de 10 em 10 segundos. cada mudança de número é acompanhada por um 'dim-dom'. a cada mudança a reclamante olha o painel, olha a própria ficha e para o relógio de pulso. ouvem-se em off passos e depois o arrastar de uma cadeira e em seguida como se alguém se sentasse e se ajeitasse na cadeira. o painel acusa o número 350. a reclamante olha para o painel, olha para a ficha e se levanta. ilumina-se então à direita, à frente, uma mesa simples com uma cadeira. a reclamante se dirige à mesa e senta-se. apaga-se a luz sobre o banco. ela aguarda um pouco.

2.

voz (*em off*): nome?
reclamante: sem importância.
voz: profissão?
reclamante: intelecto-mecânica.
voz: categoria?
reclamante: repetidora.
voz: em atividade?
reclamante: não.
voz: idade?
reclamante: prefiro não dizer.

voz: é mesmo necessária a sua reclamação?

reclamante: sim.

voz: há outros meios mais seguros.

reclamante: não foram eficazes.

voz: conversar com pessoas.

reclamante: as pessoas também têm os seus problemas.

voz: mandar uma carta.

reclamante: ninguém lê mais cartas.

voz: gritar pela janela.

reclamante: são tantos gritos. quem iria ouvir o meu?

voz: (*reticente*) entendo.

reclamante: eu preciso que me ouçam.

voz: mas você está ciente de que isto lhe sairá caro?

reclamante: sim.

voz: serão confiscados todos os seus passes de diversão.

reclamante: não tenho vontade de me divertir.

voz: confiscados para sempre.

reclamante: (*silêncio. depois com a voz mais baixa e insegura*) eu preciso que me ouçam.

voz: a lucidez magoa.

reclamante: não faz mal.

voz: serão debitados vinte dinheiros de sua conta.

reclamante: (*silêncio. depois com a voz mais baixa e mais insegura*) é muito.

voz: toda uma vida de acúmulo.

reclamante: eu sei, mas.

voz: há outros meios.

reclamante: não.

voz: tem certeza?

reclamante: (*pausa*) tenho.

voz: se é assim. você tem trinta minutos. eu vou ligar o magnetofone. sua reclamação vai ser registrada. dentro de cinco anos, mais ou menos, ela será ouvida. eu vou me retirar agora. o painel indica quando o tempo acabou. com licença. (*ouve-se em* off *o arrastar de cadeira como o de alguém que se levanta*)

reclamante: mas.

voz: (*ouve-se em* off *o arrastar de cadeira como o de alguém que torna a se sentar*) pois não.

reclamante: eu quero que você me ouça. agora. eu sei que é possível.

voz: a gravação é mais prática e não implica nenhum.

reclamante: sem gravação.

voz: você está me solicitando como ouvinte?

reclamante: isso.

voz: você sabe que ao solicitar um ouvinte, tudo lá fora fica perdido? que você não poderá mais sair? nunca. (*pausa*) nunca.

reclamante: (*silêncio, depois, timidamente*) seja meu ouvinte.

apaga-se o painel luminoso. a voz do ouvinte em off*, que era amplificada de modo metálico, se escutará de agora em diante com uma amplificação suave.*

3.

ouvinte: (*longo silêncio, no qual a reclamante mantém o olhar vazio*) eu estou ouvindo.

reclamante: (*desperta, remexe os bolsos do casaco*) eu fiz algumas anotações. (*tira dos bolsos alguns papéis velhos amassados, escritos*). não sei se eu exagerei.

ouvinte: nós temos tempo.

reclamante: é como um quebra-cabeça. eu tenho as peças (*ainda tirando papéis*). mas eu não sei como montar. não sei nem por onde começar.

ouvinte: são muitas reclamações?

reclamante: (*olha para os papéis*) sim, claro. quer dizer, mais ou menos. (*pausa*) provavelmente é só uma.

ouvinte: entendo. (*pausa*) comece aleatoriamente.

reclamante: (*pega um papel, aproxima-o dos olhos*) não, não. (*pega outro*) eu tenho receio que. não quero correr o risco de começar a construir a casa pelo telhado. normalmente eu planejo tudo. planejo tudo solidamente. não estou acostumada a. (*pausa*) eu mudei muito.

ouvinte: é inevitável.

reclamante: não sei. (*pausa*) normalmente nem se percebe, a mudança. pelo menos há tempo pra se acostumar. ou então, é possível divertir-se. mas. no meu caso eu. eu não me acostumo. (*silêncio*) você não vai dizer nada?

ouvinte: o quê?

reclamante: que nos acostumamos com tudo.

ouvinte: você acha?

reclamante: eu acho. quer dizer, achava. todo mundo diz. mas agora. eu não tenho como me acostumar com essas lembranças, com essas idéias (*passa a mão sobre os papéis*).

ouvinte: que tipo de lembrança?

reclamante: do tipo que não se escolhe. que vem não sei de onde, e gruda em mim não sei pra quê. (*silêncio*) estas memórias são minhas? (*pega um papel, lê*) 'um cão'. um cão, veja você. eu não me lembrava mais. que coisa estúpida. (*pega outro papel*) eu mal me reconheço. eu sempre contei a minha história de outra forma. se você me pedisse para eu contar a minha história. se eu contasse. seria totalmente diferente. é totalmente diferente.

ouvinte: conte a sua história.

reclamante: bem (*pausa*). a minha história. (*pausa*) a minha história é a história da minha rotina. (*pausa*) era. (*pausa*) quando eu tinha uma rotina. antes de (*mexe nos papéis, fica em silêncio*).

ouvinte: sim?

reclamante: no início de cada quadriênio, nas argüições de adaptação, eu sempre relatava a minha rotina. e meu discurso era muito apreciado. (*pausa*)

ouvinte: conte. como era?

reclamante: você deve. você sabe. argüir.

ouvinte: ah. eu vou tentar. (*pigarreia, muda o tom da voz para um tom mais marcial*) estamos no início do quadriênio, queremos conhecer aquilo pelo que os senhores respondem, aquilo que os senhores construíram com as próprias forças, a sua blindagem, a sua suficiência, para podermos melhorar juntos. número 350, relate.

reclamante: (*fica de pé, fala sorridente em tom confiante*) todos os dias quando a sirene toca, eu saio imediatamente da cama e abro a janela. eu não olho para os lados, nem para frente. eu simplesmente abro a janela e não me comunico visualmente nem verbalmente com ninguém. (*pausa*) enquanto eu me asseio, eu canto. eu sei cantar mais de cinco mil canções. eu saio de casa cantando, para demonstrar confiança, e nunca tenho tempos vazios. (*pausa*) eu hiperaproveito o meu dia de trabalho. me conecto a três telemeios e sou capaz de memorizar o conteúdo de três telemeios simultaneamente. (*pausa*) eu posso repetir informações quando necessário. mas não compartilho nada desnecessariamente. eu finjo ser cordial e finjo acreditar que todos os meus colegas são cordiais. (*pausa*) eu não tomo café, não fumo e me exercito. eu cuido de mim. eu planejo tudo. (*pausa*) todas as noites eu me divirto com vários tipos de passatempos. eu me entretenho com programações culturais sobre animais extintos, sobre celebridades mortas, e povos aniquilados. eu durmo pouquíssimo. eu quero aproveitar e sei que posso conhecer cada vez mais (*pausa*). de manhã, quando a sirene toca, eu saio imediatamente da cama e abro a janela. eu não olho para os lados, nem para frente. eu simplesmente abro a janela e não me comunico visualmente nem. eu. (*pausa*) eu já disse isso. eu estou me repetindo. (*volta a sentar-se, um pouco sem jeito*) não é uma história muito longa.

ouvinte: é a sua história.

reclamante: é. (*pausa*) era. (*pausa*) agora há outra. outras (*olha os papéis. silêncio*).

ouvinte: você não quer falar. destas outras.

reclamante: eu não tenho certeza. são um tanto. não têm uma ordem que eu possa. (*pausa*) não sei como.

4.

ouvinte: comece por aquela do cão.

reclamante: do cão? mas por que a do cão? certamente há outras mais importantes. para começar. é bem possível que haja. (*pausa*) que sei eu?

ouvinte: eu gostaria muito de ouvir essa história. eu nunca vi um cão.

reclamante: eu também não. quer dizer, eu achava que nunca tinha visto um. até que (*pega o papel*) eu me lembrei que sim.

ouvinte: um remanescente.

reclamante: um remanescente. (*silêncio. depois, insegura, lê no papel*) um cão. (*pausa*) um cão me acompanha da usina até a minha casa. eu entro em casa. ele fica à minha porta como um enfeite de jardim. eu procedo conforme as regras. não dou alimento. não dou atenção. grito com ele. deito-lhe pontapés. o cão não se move. ele guarda o meu portão. vigia por várias noites. e me olha com gratidão todas as manhãs. no final, chamo a brigada de remoção. ele late um pouco. levam-no embora. (*pára de ler o papel*) o que eu fiz pra que ele não se desprendesse?

ouvinte: (*pausa*) você permitiu que ele te acompanhasse.

reclamante: não, claro que não.

ouvinte: mas se ele te acompanha até aqui.

reclamante: (*pausa*) eu não entendo.

ouvinte: nós temos tempo.

5.

reclamante: (*silêncio*) então eu vou. assim, aleatoriamente.

ouvinte: é uma boa idéia.

reclamante: (*pega outro papel e lê*) um velho na estação subterrânea. na entrada da estação. ele se vira para mim e diz 'bom-dia, boa-noite', depois dá uma risada. (*pára de ler. ouvinte ri*) não vejo graça.

ouvinte: (*pausa*) você não disse a sua idade.

reclamante: a minha? eu. bem. é o tipo da coisa que não se deve dizer. mas com certeza não sou velha. pelo menos não completamente. você é?

ouvinte: velho? eu me sinto velho.

reclamante: eu tenho aflição. dos velhos. quando perdem os dentes. é muito constrangedor. você tem dentes?

ouvinte: alguns.

reclamante: eu também. mas aquele. tenho certeza de que não tinha dentes.

ouvinte: você se lembra do seu rosto?

reclamante: não. mas tem uma observação aqui. (*ela lê no papel*) 's' barra 'd'.

ouvinte: sem data.

reclamante: não. sem dente. nenhuma das minhas notas tem data. por que eu iria escrever sem data só nesta? é sem dente. um velho sem dentes. você entende? sem limite pra dizer despropósitos. (*silêncio*)

ouvinte: bom-dia, boa-noite. é interessante.

reclamante: é repugnante.

ouvinte: encerra certa sabedoria.

reclamante: (*pausa*) sabedoria?

ouvinte: é uma palavra em desuso.

reclamante: eu nunca entendi direito o que significa isso.

ouvinte: é uma espécie de conhecimento, mas de um tipo que não se aprende por repetição.

reclamante: tudo se aprende por repetição.

ouvinte: é uma espécie de saber que sucede geralmente aos tipos menos assistidos pela estrutura.

reclamante: tudo está dentro da estrutura.

ouvinte: nem sempre. você, por exemplo.

reclamante: eu? eu estou totalmente dentro da estrutura.

ouvinte: você está aqui.

reclamante: eu digo, em intenção.

ouvinte: não basta.

reclamante: não? mas. eu não entendo.

ouvinte: você ainda não entende. mas temos tempo. (*silêncio*)

6.

reclamante: (*pega outro papel. lê*) um cercado. (*pausa. para de ler.*) um cercado? (*pausa*) ah, a infância. (*volta a ler*) estou num cercado com outras crianças. cada uma tem o seu divertimento. manuseio um boneco de lata. ele se parte em dois. eu choro. o instrutor pede que eu pare de chorar. não consigo. ele me dá outro boneco. mas não é a mesma coisa. ele diz e pede que eu repita 'tudo é substituível'. (*pára de ler. pausa*) crianças são bastante estúpidas. (*silêncio. pega outro papel e lê*) uma formiga. (*pausa*) sigo com interesse uma formiga sobre o asfalto. ela gruda no chão. pego um palito e ajudo que se afogue no piche quente. (*pára de ler*)

ouvinte: tudo é substituível.

reclamante: você não acha?

ouvinte: não.

reclamante: (*pega outro papel. lê*) tenho fome. a nutriz sugere que eu pense em outra coisa. sei que ela pode me saciar e insisto que tenho fome. mas ela abre o jornal, alheia ao meu apelo. reclamo novamente. ela se põe a assobiar. peço por favor. a nutriz começa a cantar em voz alta para não me ouvir. eu grito. ela se levanta e dança ao ritmo do meu berreiro. (*pára de ler. pausa. expressão neutra que dá lugar a uma gargalhada. pára de rir abruptamente. expressão neutra. pega outro papel. lê*) saio com outras crianças do viveiro para um passeio recreativo. vamos participar de uma sessão corrida de filmes. comunicam-nos que podemos interferir nos entrechos. (*pausa*) em apenas dezesseis horas, conseguimos exterminar 1.458 inimigos, e das mais criativas e engraçadas maneiras. as crianças são recompensadas em dinheiro pelo alto grau de divertimento alcançado. (*pausa*) no alojamento, picoto meu dinheiro com a tesourinha de unha. (*pára de ler*) estranho. (*pausa*) estragar dinheiro é uma falta grave.

ouvinte: há coisas piores.

reclamante: (*com os olhos no papel lido*) eu não entendo.

ouvinte: para estar aqui, você também abdicou de seu dinheiro. na verdade, abdicou de tudo.

reclamante: você quer dizer que eu não.

ouvinte: talvez haja coisas mais importantes. para você.

reclamante: estar aqui?

ouvinte: quem sabe?

7.

reclamante: (*silêncio. pega outro papelzinho. lê*) uma bicicleta. (*fica absorta. volta a ler*) pedalo uma bicicleta sem olhar para frente. olho para cima. vejo correr a folhagem das árvores e a luz que a atravessa. não sei o que vai na minha frente. não olho para o que está adiante. apenas pedalo e confio. (*pára de ler. silêncio*) brincadeirinha boba. (*pausa*) você sabe o que é uma bicicleta?

ouvinte: nós somos provavelmente da mesma geração. (*pausa*) a copa das árvores repousava os olhos. há muito tempo não pensava em árvores. a altura que atingiam.

reclamante: quem é que tem disposição de olhar para cima?

ouvinte: enquanto as raízes se espalhavam no fundo. no escuro.

reclamante: você não se incomoda?

ouvinte: com o escuro?

reclamante: com as árvores. (*pausa*) o modo como se fixam. (*pausa*) as raízes são um tipo de prisão.

ouvinte: será? as árvores se elevam.

reclamante: enraizar-se é fazer o contrário de mim. (*pausa*)

ouvinte: o que você quer dizer?

reclamante: eu sou movente.

ouvinte: como assim?

reclamante: assim como todo mundo.

ouvinte: explique melhor.

reclamante: sou relocada de cidade, de bairro, de rua e reempregada a cada decemestre. a qualquer momento um decreto me convida a mudar. a vestir um novo uniforme. a utilizar um novo vocabulário. a empregar uma nova tecnologia. eu não tenho lastros. vou como um papel de bala ao vento. sou livre. (*pausa*) era. (*pausa*) pelo menos antes de. (*pega um punhado de papéis*) disso.

ouvinte: um papel de bala não é livre. é apenas um papel de bala.

reclamante: foi um modo de dizer.

ouvinte: um papel de bala está a mercê do vento. ele não inventa a própria rota. quem é livre inventa.

reclamante: você diz coisas sem sentido.

ouvinte: você veio para cá, não foi?

reclamante: eu estou aqui. mas. (*pausa*) e se eu não. e se eu pudesse.

ouvinte: é melhor não pensar nessas coisas.

8.

reclamante: (*silêncio*) então, outro?

ouvinte: é bom.

reclamante: (*pega outro papel. lê*) não consigo dormir. (*pára de ler*) você dorme?

ouvinte: semana sim, semana não.

reclamante: (*volta a ler*) não consigo dormir. tenho medo do alojamento sombrio. penso que se eu dormisse não sentiria medo. mas tenho medo de dormir e de não sentir. mais nada. (*pára de ler*) a infância. que flagelo. (*pausa*) quanto tempo leva até nos habituarmos?

ouvinte: você pensa muito na infância?

reclamante: eu nunca penso na infância. (*pausa*) não por minha vontade.

ouvinte: mas são suas lembranças.

reclamante: eram meu esquecimento. (*pausa*)

ouvinte: você carrega o seu esquecimento em papeizinhos, nos bolsos.

reclamante: carrego. tudo o que estava enterrado e surgiu.

ouvinte: senão você esqueceria.

reclamante: eu anoto. para saber. tentar saber. (*pausa*) o mais provável é que eu nunca venha a entender. mas se eu não anoto, em seguida eu esqueço. e fica uma sensação incômoda. um mal-estar. por dias. nenhuma imagem, nenhuma palavra. mas uma sensação insistente. meses a fio. como um pressentimento. me incomodando. por anos. então, eu anoto. para saber. saber por quê. mas mesmo assim eu não entendo.

ouvinte: uma repetidora tem ótima memória.

reclamante: é verdade. (*pausa*) o acesso a meus arquivos imediatos, os de ofício, está praticamente intacto. mas este outro. meu arquivo morto, quer dizer. sobre ele esta máquina aqui não tem mais nenhum controle.

ouvinte: é inadequado comparar-se a uma máquina.

reclamante: quando funciono bem, recebo, classifico, guardo e, se solicitada, apresento memórias ou opiniões ou qualquer coisa assim. eu sou o que sou. ou pelo menos, era.

ouvinte: é bastante inadequado comparar-se a uma máquina.

reclamante: somos máquinas complexas.

ouvinte: eu sou um ouvinte, não um aparelho ordenador.

reclamante: eu não entendo. a diferença.

ouvinte: (*ríspido*) você sabe a diferença. você solicitou um ouvinte, não um registro eletromagnético.

reclamante: (*pausa*) eu só sei é que um ouvinte deveria ouvir. (*pausa*) você fala demais. (*silêncio*)

ouvinte: nós estamos sujeitos ao decoro de uma relação. (*silêncio*)

reclamante: eu falo. você ouve. depois você processa os dados e me comunica uma conclusão. é simples assim.

ouvinte: é absolutamente equivocado entender-se como máquina.

reclamante: é um modo de dizer. (*pausa*) uma engrenagem pode enferrujar. todos dizem isso.

ouvinte: todos. mas aqui só tem você e eu. e nós estamos sujeitos ao decoro de nossa relação.

reclamante: eu não entendo. eu só disse que. como sempre digo. por hábito.

ouvinte: você não tem idéia de onde você está.

reclamante: eu estou na casa de reclamação, não é isso?

ouvinte: você está trancada no lugar onde nada nunca mais será habitual.

reclamante: e o que significa isso? (*silêncio*) você deve me dizer o que significa isso. (*silêncio*) diga alguma coisa.

ouvinte: é melhor você. prosseguir.

9.

reclamante: prosseguir. prosseguir. (*como já leu todos os papéis sobre a mesa, retira agora o papel de dentro de algum bolso de sua roupa. lê*) um casal (*pausa. pára de ler*) que coisa estúpida. que coisa mais estúpida são os casais. (*silêncio. volta a ler*) um homem e uma mulher. (*pára de ler*) um homem e uma mulher, pff. (*volta a ler*) um homem e uma mulher almoçam no refeitório público. em silêncio. usam os mesmos movimentos para abocanhar e mastigar e engolir. não se olham. mas almoçam como que na frente de um espelho. de repente, ela se levanta. ele também. ela hesita e torna a sentar. ele também. ela tem o impulso de dizer alguma coisa. ele também. ela se levanta novamente e vai embora para sempre. ele também. (*silêncio*)

ouvinte: era você?

reclamante: a rotina dos casais. que desolação. (*pausa*) rotina é coisa pra se sofrer sozinho. (*pausa*) duas pessoas juntas. duas pessoas juntas.

ouvinte: era você?

reclamante: a impossibilidade dos casais. logo, logo. você verá. logo, logo, não haverá um. nenhum. (*silêncio*)

ouvinte: era você?

reclamante: é possível. (*silêncio*)

ouvinte: talvez se não houvesse a rotina.

reclamante: rá. rá. se não houvesse a rotina. rá.

ouvinte: se vocês se surpreendessem.

reclamante: rá. rá. se nós nos surpreendêssemos. rá.

ouvinte: você nunca mais? nunca mais teve? nunca mais te designaram outra pessoa? você não se lembra?

reclamante: vagamente. (*pausa*)

ouvinte: e?

reclamante: não deve ter dado certo. como poderia? (*silêncio*)

ouvinte: você não se lembra de nada?

reclamante: talvez. (*divaga*) copular sob o sol. uivando até o desespero. em pequenos grupos de três ou quatro. eu me lembro. (*pausa*) acho que me lembro de ter imaginado isso. (*pausa*) ou foi alguém que me contou? (*pausa*)

ouvinte: e o olhar? você não se recorda do olhar? do olhar de seus comparsas?

reclamante: do olhar?

ouvinte: faz tempo que eu não troco um olhar.

reclamante: eu nunca olho nos olhos.

ouvinte: o olhar acolhe.

reclamante: os olhos vigiam.

ouvinte: o olhar é a única acolhida possível.

reclamante: os olhos perseguem.

ouvinte: eu queria que a palavra fosse como um olhar.

reclamante: os olhos acossam.

ouvinte: (*irritado*) os olhos? os olhos estão mortos. são coisas mortas. eu disse o olhar.

reclamante: o olhar? eu não entendo.

ouvinte: não importa. (*pausa*) nós temos tempo.

10.

reclamante: (*pega outro papel do bolso. lê em silêncio. balança a cabeça*) não sou eu. (*pega outro papel. lê. ba-*

lança a cabeça) não sou eu. (*lê vários papéis. balança a cabeça*) não sou eu. (*pausa*) mas. são minhas lembranças, não são? (*silêncio*) são mesmo minhas lembranças?

ouvinte: por que não seriam?

reclamante: eu conheço tudo sobre mim. conheço tudo o que devo saber sobre mim. (*pausa*)

ouvinte: por exemplo.

reclamante: tudo. minhas falhas genéticas. meu tipo sangüíneo. meu peso. minha altura. a cor original dos meus cabelos. a cor atual dos meus cabelos. meu número de calçar. meu número de vestir. meu melhor lado nas fotografias. o número das minhas pintas. eu sei calcular os meus batimentos cardíacos. sei desenhar minhas impressões digitais. eu sei do que eu gosto. e do que eu não gosto. (*pausa*)

ouvinte: por exemplo.

reclamante: eu gosto. (*pausa*) quer dizer, eu não gosto. na verdade. eu gostava. eu. (*silêncio*)

ouvinte: sim?

reclamante: eu não tenho certeza. (*pausa*) de nada. de quase nada. (*pausa*) talvez de duas ou três coisas apenas.

ouvinte: por exemplo.

reclamante: (*irritada*) por exemplo. por exemplo. estamos aqui, não estamos?

ouvinte: é verdade, estamos aqui.

reclamante: e isso não é nenhum consolo, não é mesmo?

ouvinte: (*pausa*) é possível que não seja. (*silêncio*)

11.

reclamante: eu vou, então (*pega um outro papel do bolso*).

ouvinte: boa idéia.

reclamante: (*lê no papel*) estou sobre a ponte número 7.

ouvinte: a maior?

reclamante: sim, a maior. (*volta a ler*) sobre a ponte número 7. eu e mais outros anônimos. (*pausa*) embaixo de mim, vejo a lama fluindo devagar. (*pausa*) fluindo e arrastando um ou outro que. (*pausa. pára de ler*) você sabe. um ou outro.

ouvinte: eu entendo.

reclamante: (*volta a ler*) apesar de tudo, não tenho a intenção de. (*pára de ler*) você sabe. não tenho a intenção. (*pausa. volta a ler*) aprecio a paisagem. despreocupadamente. (*pausa*) uma mulher se posiciona a meu lado. ela, sim. ela tem a intenção. (*pausa*) seu corpo está ao meu lado, mas alguma coisa já não está mais. ali. eu me inquieto. (*pára de ler*) inquietar-se com os anônimos sobre as pontes. veja você. (*pausa. volta a ler*) eu me inquieto com ela. não posso mais fruir a paisagem. só espero o momento em que ela. (*pára de ler*) você sabe. em que ela.

ouvinte: eu entendi.

reclamante: (*volta a ler*) e de fato. ela se inclina para frente. estica os braços para trás. dá o impulso. e. eu a seguro. (*pára de ler*) eu a seguro? (*volta a ler*) eu a seguro. a mulher se vira para mim escandalizada e me insulta. (*pára de ler. silêncio. balança a cabeça*) como eu pude fazer uma coisa dessas? (*pausa*)

ouvinte: você podia ter mudado de lugar. todo mundo faz isso nessas situações.

reclamante: mudar de lugar? a ponte devia estar apinhada de gente. é comum que as pontes fiquem apinhadas de gente, não é verdade?

ouvinte: sim. mas. você podia ter. virado o rosto. ter apenas virado o rosto, como todo mundo faz nessas situações.

reclamante: talvez. mas. (*pausa*) e se eu estivesse com um torcicolo. um torcicolo é um mal corriqueiro, não é mesmo?

ouvinte: (*pausa*) mas você podia ter fechado os olhos. ter simplesmente fechado os olhos. assim como todo mundo faria nesta situação.

reclamante: eu devia estar com algum problema. é bem possível. um problema oftalmológico. quem é que nunca teve um problema oftalmológico?

ouvinte: você não precisava tê-la segurado.

reclamante: não precisava.

ouvinte: você quis preservá-la.

reclamante: não.

ouvinte: você quis deliberadamente socorrer esta mulher.

reclamante: é óbvio que não.

ouvinte: você nitidamente sentiu alguma coisa por esta mulher.

reclamante: eu não senti nada. eu nunca sinto nada.

ouvinte: então, por quê?

reclamante: ora, por quê. porque eu. naquela hora. eu devia. certamente devia. quer dizer, eu acho. eu. (*pausa*) eu não sei por quê. (*pausa*) eu não lembro. (*silêncio*) mas.

ouvinte: sim?

reclamante: se eu sentisse qualquer coisa. se isso fosse possível. se eu me importasse. eu teria. (*pausa*) eu tinha mais era empurrado a mulher de uma vez por todas lá para baixo.

ouvinte: (*pausa*) estranho modo de compaixão.

reclamante: o que isso quer dizer?

ouvinte: não importa. o fato é que você a segurou. a segurou e pronto.

reclamante: não.

ouvinte: são suas lembranças.

reclamante: (*pausa*) mas. e as três leis da imperturbação?

ouvinte: o que isso tem a ver?

reclamante: pressuposto: incorporar as determinações públicas. efeito: ter sempre razão nos embates privados.

corolário: ignorar o semelhante. conclusão secundária: o outro é ilusão.

ouvinte: você acredita nisso?

reclamante: importar-se com um anônimo. (*pausa*) como eu pude? como eu pude fazer uma coisa dessas? eu realmente não entendo.

ouvinte: mas vai entender. nós temos tempo.

12.

reclamante: quanto tempo? (*silêncio*) quanto tempo nós temos? (*silêncio*) quanto tempo? (*silêncio. suspira. pega mais um papel de um bolso. lê*) duas mulheres. (*pára de ler. medita. volta a ler*). duas mulheres deslizam sobre a esteira rolante. lado a lado. enquanto deslizam, observam a vitrine espelhada dos abatedouros. (*pausa*) uma é muito jovem. a outra é bem pouco jovem. uma chupa balas. a outra chupa um fio de alimento preso nos dentes. uma escuta as mensagens dos megafones. a outra já não escuta mais nada. uma tosse com a mão sobre os lábios. a outra escarra no chão. uma ajeita o uniforme. a outra coça o traseiro. uma não sabe que o tempo passa. a outra não entende o que aconteceu. (*silêncio*)

ouvinte: faz tempo isso?

reclamante: não está escrito.

ouvinte: qual das duas é você?

reclamante: não está escrito.

ouvinte: algum palpite?

reclamante: não.

ouvinte: pode ser um sonho.

reclamante: ou um delírio.

ouvinte: uma não sabe que o tempo passa.

reclamante: a outra não entende. o que aconteceu. (*silêncio*) *nonsense*.

ouvinte: talvez não.

reclamante: talvez sim.

ouvinte: mas o tempo passa.

reclamante: (*ergue a manga do uniforme, e observa seu relógio de pulso detidamente. ouve-se o tic-tac – por 10 segundos*) o ponteiro dos segundos nos devora. (*pausa. mete as mãos dentro da roupa à procura de um lápis.*) acho que eu vou anotar isso. (*não encontra o lápis*) você não tem um lápis?

ouvinte: tenho.

reclamante: pode me emprestar?

ouvinte: não.

reclamante: o-pon-tei... eu. eu. eu vou me esquecer. (*procura um lápis nos bolsos*) você não pode mesmo me emprestar um lápis?

ouvinte: não tenho como.

reclamante: como era mesmo a frase? o... . (*pausa*) agora eu me esqueci.

ouvinte: o que se esquece não está perdido.

reclamante: droga.

ouvinte: fica apenas guardado.

reclamante: droga. droga.

ouvinte: misturado.

reclamante: uma frase tão bonita. tão impactante.

ouvinte: vira saber.

reclamante: o quê? o que foi? eu não sei do que você está falando. que droga. (*pausa*) você não se cansa de falar tanta bobagem?

ouvinte: você acha?

reclamante: não se cansa de ouvir tanta bobagem?

ouvinte: não é bobagem. pelo menos não totalmente.

reclamante: eu não sei como você agüenta?

ouvinte: (*pausa*) vamos continuar. (*silêncio*)

reclamante: por que você veio para cá?

ouvinte: (*pausa*) o tempo estava passando.

reclamante: você não se lembra.

ouvinte: passando rápido demais.

reclamante: como você chegou aqui?

ouvinte: (*pausa*) eu procurei um lugar.

reclamante: há lugares melhores no mundo.

ouvinte: é um modo de ver.

reclamante: você não se arrepende? (*silêncio*) você não tem vontade de sair?

ouvinte: é melhor não pensarmos nestas coisas.

reclamante: e se você pudesse sair? (*silêncio*)

ouvinte: você. você não pode sair. (*silêncio*) seria melhor se. (*silêncio*)

reclamante: (*suspira*) está bem. (*pausa*) eu vou. então. continuar.

ouvinte: excelente.

13.

reclamante tira mais um papel do bolso. ouve-se um som – ou música – que impede gradativamente que se ouça o que ela se põe a ler[1]. o som aumenta à medida que a luz declina. breve blackout, acompanhado do som alto. a luz volta, o som pára, e vê-se a reclamante em seu lugar, agora sem o paletó, que está posto no espaldar da cadeira, e sobre a mesa e no chão, muitos papéis, como se houvessem passado já horas de leitura de lembranças.

reclamante: (*lê*) ando por uma rua um pouco antes do toque de recolher. por uma rua longe de casa. não passa

---

1. o que ela se põe a ler e é abafado pela música: 'um telefonema. é madrugada. o telefone soa. eu me inquieto. atendo o aparelho. a linha fica muda. desligo o telefone. ele toca novamente. eu novamente atendo. a linha está muda de novo. penso que alguém está querendo me contatar. que alguém está querendo me dizer alguma coisa'.

quase ninguém e eu aperto o passo. eu começo a correr. quando eu chego na frente da minha casa, sinto que aquela não é a minha casa e continuo correndo. eu não hesito nem por um momento. e prossigo. até soarem os sinais. até saírem as patrulhas. até me encontrarem e me levarem de volta para o meu endereço. (*pausa*) eu entro em casa. mas não reconheço nada. procuro um vestígio qualquer. encontro apenas retratos embaçados e uma flor de plástico. (*pára de ler. silêncio*) estranho. (*pausa*) querer abandonar a própria casa.

ouvinte: foi a casa que abandonou você.

reclamante: eu não entendo.

ouvinte: uma flor de plástico é uma coisa. (*pausa*)

reclamante: ridícula.

ouvinte: triste.

reclamante: você já viu uma flor?

ouvinte: já vi coisas florescerem.

reclamante: (*pausa*) acabou.

ouvinte: acabou?

reclamante: este foi o último. papel.

ouvinte: mesmo? nem parece que.

reclamante: foram tantos. nós não sentimos.

ouvinte: o ponteiro dos segundos. parou.

reclamante olha para seu relógio de pulso detidamente. nenhum tic-tac.

ouvinte: o que você acha?

reclamante: eu. não é você que devia me dizer?

ouvinte: como assim?

reclamante: me dar um veredicto.

ouvinte: um veredicto?

reclamante: me explicar o que há. o que houve. os porquês. disso. (*passa a mão sobre os papéis*)

ouvinte: você precisava de um ouvinte.
reclamante: só isso?
ouvinte: é bastante simples.
reclamante: e agora, ficar aqui. estar aqui. sempre. (*silêncio*) eu quero sair.
ouvinte: você ainda não entendeu?
reclamante: isso tudo é uma armadilha.
ouvinte: é um encontro.
reclamante: que lugar é esse? (*silêncio*) eu quero sair.
ouvinte: para quê?
reclamante: eu.
ouvinte: o que você faria?
reclamante: tudo.
ouvinte: por exemplo.
reclamante: eu. (*silêncio*) eu não sei.

14.

a metade do palco separada pela tela, até então no escuro, começa a se revelar. lá vemos uma sala, exatamente idêntica à que está à frente, mas espelhada. se na frente há um banco à esquerda, rente à tela, atrás, vê-se um banco rente à tela à direita. na primeira metade, à frente, à direita, há a mesa e a cadeira onde está a reclamante. na outra metade, atrás, à esquerda, de costas para o público, há a mesa e a cadeira onde está o ouvinte[2].

2.

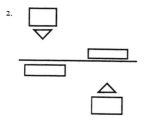

ouvinte: você vai entender.

reclamante se vira para ouvinte. ele olha para ela e ela para ele. eles detêm-se um no outro. ele se levanta. e sai pela esquerda. reclamante se volta para frente. a luz na metade da frente cai. foco na metade de trás, onde um terceiro personagem entra por uma porta rangente, senta-se no banco, acompanha num placar luminoso a chamada da senha que traz na mãos (mas de modo bem mais abreviado do que a cena inicial), até notar que é a sua vez, dirigir-se à mesa, sentar-se e ouvir uma voz metálica (a da primeira reclamante) dizer em off:

voz: nome?
segundo reclamante: preciso dizer?
voz: idade.
segundo reclamante: avançada.
voz: profissão?
segundo reclamante: instrumental.

o diálogo é abafado por som ou música em volume crescente. a luz declina até o blackout.

FIM

contos

NARRATOR

eu sou o **narrador**. ele, o personagem. sua figura ainda está inerte, apesar de liberta da viscosidade própria
das coisas indeterminadas. tem um rosto e uma lágrima
– que chorou para dentro – como alma. é enervante a
espera, quando a vida está tão próxima. mas ainda não
é hora. o tempo certo sou eu que decido. não como
DEUS, que decide e cria num mesmo ato. mas como
narrador, na expectativa dessa onda, já tão próxima, que
tudo arrasta, e me arrastará com o personagem e todo o
resto, para alguma parte.

o personagem está ali, sobre um palco negro. uma luz
tênue revela o lado esquerdo de seu corpo. ele é ATOR
e nasce neste momento no meio de uma frase. *semen-*
tes de maçã, diz absorto. e agacha-se para pegar as tais
sementes. fecha-as na mão. fecha os olhos. a expressão
grave cria expectativa. então, novamente fala: *o cami-*

nho da semente torna-a macieira. e as macieiras são plenamente macieiras. mas a semente que me criou não se realiza nunca. paro o seu movimento neste ponto, com a boca entreaberta. não o acho ridículo, ainda que esteja nu e imóvel sobre o palco num gesto inacabado. se estanco esta vida que surge, não é em sua intenção, mas em atenção ao leitor. que este observe – e releve em sua leitura – o fato de que o ATOR é aqui duas vezes personagem. personagem meu, e personagem do *autor* do texto que representa. *a semente que me criou não se realiza nunca,* ele dizia. e prossegue: *sou um projeto em andamento, mas nunca concluído. minha sombra é meu próprio corpo. sou o esboço mal traçado que um* DEUS *indeciso não sabe concluir. mutante, não me reconheço. incompleto, estou obrigado a prosseguir. eu só paro quando terminada a obra, mas a obra não tem fim.*

enquanto fala o texto, deseja que um outro corpo cubra sua nudez e o aqueça. já se imagina na calçada, após o espetáculo, decidindo para onde ir. já antevê sua indecisão. e acompanha seus próprios passos derrotados atravessarem a rua na direção de casa. e neste instante, ele se faz personagem de si mesmo. não podendo, porém, acompanhar-se além de certa avenida, retorna ao palco dizendo: *vou para onde o meu dedo aponta, mas sempre tenho de partir.*

o ATOR dorme agora o coma de um intervalo de sete dias. acorda com um bule nas mãos, despejando café num caneco de ágata. quero que tenha a sensação de haver vivido sete dias indiferentes no cômputo dos dias de sua vida. provavelmente lavou suas calças jeans. provavelmente assistiu à televisão, enquanto almoçava. provavelmente o telefone tocou e foi atendido várias vezes.

106 ■ cláudia vasconcellos

ele toma o café. está em seu apartamento no centro da cidade de são paulo.

como precisa ter recordações, sopro-lhe estas:
1) há um mês, pegou um resfriado. perguntou ao *autor* se podia usar uma capa sobre o corpo nu. não podia. representou três noites à mercê das aragéns de um velho teatro. tinha medo de pegar pneumonia e sentiu-se injustiçado. no domingo, não quis voltar para casa. bateu na porta de um amigo. ganhou abraço e cuidados. dormiram como dois faunos. na manhã seguinte, tomou o café em silêncio. ao sair, avisou para o outro: *eu vou para onde meu dedo aponta, mas sempre tenho de partir.*
2) há três semanas, discutiu com o irmão ao telefone. o irmão estava preocupado: cinco anos representando o mesmo personagem, no mesmo espetáculo, sob a direção do mesmo *autor*. por que não procurar outra história? mas o ATOR relutou. não tinha certeza de nada. e se não encontrasse outra história? e se uma outra história fosse pior do que esta? no tédio, apesar dos pesares, lidase com o conhecido. a tragédia do homem é a liberdade. o irmão insistiu que mudasse, que parasse, mas se calou quando o ATOR disse: *só paro quando terminada a obra, mas a obra não tem fim*, e desligou o aparelho.
3) há duas semanas confessou a um médico que bebia diariamente três fartos copos de gim e usava cocaína. ouviu, por isso, um longo discurso sobre a saúde, e o pedido de que não prosseguisse com a vida que vinha levando. o ATOR não riu nem desdenhou o que fora dito, apenas balançou a cabeça e professou: *incompleto, estou obrigado a prosseguir.*

o hábito é como uma segunda natureza. devagar dá forma à aparência daquilo que se é. o hábito não forja a alma a golpes de bigorna, ao modo dos traumas, mas costura sobre ela, docemente, uma mortalha de aço. semana após semana, dentro de sucessivos meses e anos, o ᴀᴛᴏʀ recitou o texto que lhe foi incumbido. agora, aprisionado pelas palavras que repete, tende a confundir a vida e a arte.

novamente no teatro, ele diz: *sementes de maçã.* entre uma frase e outra procura enxergar além dos refletores e vê apenas cadeiras vazias. prossegue: *o caminho da semente torna-a macieira. e as macieiras são plenamente macieiras. mas a semente que me criou não se realiza nunca. sou um projeto em andamento, mas nunca concluído.* faz uma pausa e olha para cima, como se conversasse com **DEUS**: *só paro quando terminada a obra, mas a obra não tem fim.* cai de joelhos e mais uma vez procura enxergar o público. a desconfiança de que representa para uma platéia vazia rói o seu peito. no entanto, não pode parar. o autor o espreita da coxia. e alguma coisa, além de mim, o **narrador**, já o provê de certo arbítrio. vai prosseguir, ainda que as moscas se riam. o desprezo é um motor poderoso.

cena após cena, recita o texto furiosamente. nunca ninguém o viu nem o verá assim. até o momento em que, do chão, duas vezes derrotado – pela condição existencial desesperadora de seu personagem e por sua própria condição de ᴀᴛᴏʀ (num velho teatro, na cidade sempre nova de são paulo) –, do chão ergue um pequeno trapo branco e com ele acena para longe. seu aceno vai muito além dos limites do teatro, do bairro, da cidade. o olhar, feito de ódio e impotência, fere. mas ninguém o vê.

neste ponto, antes que a luz se desvaneça, e palco e platéia se confundam, estanco o fluxo do tempo. contemplo meu personagem como se contempla uma escultura. giro à sua volta. há qualquer coisa de heróico em seu gesto. porque seu gesto é mais do que deveria ser. no *script* do autor, a rubrica indicava: ergue do chão um lenço branco e parte num barco. mas o que se vê é: ergue do chão um trapo roto e pede trégua. sinto-me tocado. afinal, mesmo que este gesto indique uma mistura do sofrimento próprio de seu personagem com a indignação de representar para uma platéia vazia (por capricho do *autor*), mesmo que assim seja, não posso deixar de pensar que seu gesto também se dirija a mim.

o que se espera do ΛTOR, agora, é que adentre furioso a coxia, e estreite o *autor* contra a parede. que o acuse de louco por sua perversidade, por havê-lo feito representar para ninguém, satisfazendo um deleite egoísta. espera-se que ΛTOR e *autor* se confrontem. mas não. o ΛTOR entra pacificamente no camarim. aéreo. arruma-se e sai. sem dar pela presença do outro. na rua, fuma um baseado e caminha até o 'r...' para dançar. e de fato, com uma cerveja na mão, roda feito um dervixe. o tórax vibra com os baixos da música. a visão ofuscada pelas luzes. no meio da pista é mais um rapaz que dança sozinho, embriagado pela própria juventude. mas é o único que formula claramente um desejo. um desejo que repete no ritmo de suas voltas: quero tanto ser feliz, quero tanto ser.

é comum que se aceitem doses diárias de infelicidade, é comum aos poucos se acostumar com ela, como alguém que se acostuma com cabelos brancos. é comum que se esqueça – assim como sempre se esquece um guarda-chuva em algum lugar – que se esqueça de seu plano inicial ou aspiração mais profunda. mas o ΛTOR, talvez por estar bêbado, admite que chegou a seu limite. cambaleia até o banheiro, e enquanto vomita, pressente seu vulto no espelho. depois, fixando o olhar contra o seu olhar, vê um velho encarquilhado. *mutante, eu não me reconheço*, pensa. finalmente, sai para a rua.

no dia seguinte, antes de entrar no palco, certifica-se de que há público. aguarda, então, em sua marca. quando a cortina se abre, volta-se lentamente para a platéia, e diz: *a cidade não me agasalha. quando estou nu, a cidade não me basta. um homem nu nem entende o que é uma cidade. a cidade tem regras próprias. uma delas prega o uso de roupas. mas um homem nu...* senta-se no chão. *um homem nu não tem dinheiro nem pudores.* enquanto recita, pensa na possibilidade de modificar sua fala, de inventar um outro texto e chegar a um novo desenlace. não apenas por vingança, mas por direito: como um pintor que, conhecendo tão bem a obra de seu mestre, pode fazer variações sobre ela, até produzir algo totalmente diferente. mas, ainda dentro do script, o ΛΤΟΡ prossegue: *não tenho nada, nem mesmo a sombra de um amigo. sou só eu, o tempo e o* DEUS *maligno que me criou. eu: eu nasci incompleto. o tempo: o tempo me afasta da parte que me falta. o* DEUS *maligno: o* DEUS *maligno me obriga a prosseguir.*

para que o leitor possa entender o assunto da peça que o ΛΤΟΡ interpreta, faço aqui um comentário: trata-se de uma metáfora da condição humana. segundo o *autor* do texto, o homem no mundo é marcado pelo irremediável sentimento de insatisfação. descobrir os segredos da matéria, criar fortuna, abraçar a idéia do progresso, são resultado desta insatisfação. projetando no futuro a completeza de seu vazio, o homem trabalharia até a morte movido por esta esperança. e mais, legaria a mesma crença à sua descendência, incumbindo-a de terminar sua tarefa (sem fim). para o *autor* do texto, a corrida desenfreada do homem para lugar nenhum, estaria, no entanto, nos planos de um deus maligno, que outra função não teria do que rir silenciosamente do desespero humano. nada tem sentido nem direção, o caminho do homem para o futuro é apenas sua dispersão e perda no fatal labirinto do conhecimento. assim, o personagem – representado pelo ATOR – é aquele que, percebendo a vacuidade do destino humano, já não se empenha, como o resto de sua raça, na tarefa de alcançar o futuro; contudo, desafortunadamente, não pode deixar de avançar. o personagem, portanto, divergindo dos outros homens, tem a desvantagem de mover-se sobre a terra sem nenhuma esperança, arrastado para adiante tão somente pelo desejo de um **DEUS** perverso.

se ao menos eu fosse como as sementes de maçã, continua. ele se reclina para apanhá-las. *o caminho da semente torna-a macieira. e as macieiras são plenamente macieiras. mas a semente que me criou não se realiza nunca.* faz uma pausa. o pequeno público que o prestigia entende a pausa como o silêncio necessário para meditar e medir o que fora dito. para o ATOR, no entanto, a pausa é o momento de tomar coragem e deixar emergir palavras inéditas. como dizia: *a semente que me criou não se realiza nunca.* e desabafa: *eu não aceito mais isto. nem que tenha de reclamar pessoalmente com* **DEUS**. da coxia ouve-se um estrondo. o ATOR assustado retorna ao texto, interpretando-o fielmente. enquanto representa, imagina o que teria acontecido lá atrás. talvez encontre, ao final do espetáculo, o *autor* desmaiado no chão. ou, quem sabe, ameaçador, com uma arma em punho. pode ser que o *autor* o obrigue a repetir, num ensaio extra, toda a peça,

a mulher no escuro ▪ 111

para prevenir que seu texto jamais novamente venha a ser maculado. mais provável, no entanto, que o outro lhe repreenda, num prolongado sermão. assim, ao mesmo tempo em que fala o texto, o ATOR adianta mentalmente o que virá por conta de seu atrevimento. e bem à vontade, transforma o *autor* em personagem de sua fantasia.

ao final da apresentação, encontram-se, ATOR e *autor*, frente a frente. o segundo com as têmporas vermelhas, os olhos apertados, raivosos. encaram-se assim por alguns instantes, mas não trocam palavras. afinal, o que poderiam dizer um ao outro? o futuro se inicia nas pequenas mudanças do presente, como uma ínfima fresta num dique que, lentamente, mas incessantemente, aumenta de tamanho, deixando passar, por fim, toda a água represada. uma pequena fenda foi talhada em sua obra, e o *autor*, impotente, pode apenas lamentar o fato. enquanto recolhem objetos de cena, envolve-nos um silêncio sardônico e cheio de promessas.

passam-se alguns meses. nesta altura, o *script* original só é palidamente evocado. vestindo um belo terno sem camisa, o ATOR diz, ao mesmo tempo em que come uma maçã: *a cidade não me basta. um amigo não me basta.* DEUS *não me basta. eu me basto.* recita o texto com a arrogância natural da sua idade e cospe, de quando em quando, sementes de maçã no chão. estas são recolhidas diligentemente pelo *autor* (que agora participa do espetáculo). ao final de uma hora, desenvolvendo o texto com força, o ATOR tira do bolso um lenço branco e limpa a testa suada do outro, encerrando a apresentação.

nesta mesma noite, o ATOR rompe com o *autor*. declara que a partir de então escreverá sua própria peça. vai embora sem saudade e, antes de deixar o teatro, grita: *vou para onde meu dedo aponta, por isso tenho de partir.*

tento fixar meu personagem neste instante, mas é impossível. resistente aos meus poderes, ele segue pela noite paulistana sem olhar para trás. sabe que o acompanho, e por isso aperta o passo. está livre para novas histórias. dobrando certa esquina, me abandona. rompeu com o *autor*, com o **narrador**, e certamente romperá com **DEUS**, se este quiser manipulá-lo.

QUANDO MEU IRMÃO FICOU CEGO

> *É enorme estar cego.*
>
> HERBERTO HELDER

> *Como conduzir o homem instalado*
> *[...] até a bênção do colapso*
> *e a luz do escuro?*
>
> JULIANO GARCIA PESSANHA

quando meu irmão ficou cego, desenvolveu o gosto pelos animais. ia para o pátio de bengala e chamava os cachorros. josé, o caseiro, trazia dois cavalos, às vezes até um galo, com os quais meu irmão se distraía, amaciando pêlos ou penas, como se fosse possível enxergar com as mãos. esta distração tornou menos penosa a sua cegueira, e vê-lo tão entretido tornou menos torturante a consternação da família. acariciando uma pelagem, meu irmão dizia sem erro a que espécie o animal pertencia. nunca confundiu gato com onça. até ovos ele acertava, de pata, de galinha, de gansa. as crianças traziam ovos recém-botados para saber o gênero. é pinto? pinta, ele afirmava, e nunca errou. Mas, por trás dos dias amenos daquele tempo, espreitava outro infortúnio. aos poucos, meu irmão, tomado por uma doença misteriosa, foi perdendo o tato. primeiro as mãos e os pés, logo todo o corpo ficou adormecido, praticamente morto. não sentia mais maciez ou frio ou dureza. josé, o caseiro, já não trazia os cavalos, e meu irmão passava os dias deitado, adivinhando por trás da janela do quarto as nuvens, a chuva, as moscas. por um tempo ficou assim, deitado e mudo, comendo quando lhe davam de comer. os conhecidos evitavam visitá-lo, porque diante de tal situação não sabiam o que dizer. nós mesmos, da família, não sabíamos ao certo o que pensar, e também não dizíamos nada. só o vento e os animais faziam ruído. nossa dor era profundamente quieta. um dia, porém, minha mãe quebrou o encanto e desceu as escadas do sótão gritando: um róimundo floreus! ao som daquelas palavras, corremos todos ao seu encontro. minha mãe sustinha pela cauda um exemplar do fantástico róimundo floreus, um ratinho muito festejado nas lendas de nossa região. desde incontáveis gerações ouvem-se histórias a seu respeito, e agora, diante de um exemplar vivo, estávamos estupefatos. foi tereza, a cozinheira, que teve a idéia de contar a novidade a meu irmão. entramos em bando em seu quarto, e eu anunciei a maravilha. meu irmão, sem surpresa, perguntou se havia uma flor desenhada em seu peito. sim, dissemos. perguntou ainda se a pequena flor era de um rosa esmaecido, muito claro. respondemos que sim. então, disse o seguinte:

este é o último de sua raça. a flor em seu peito nunca mais estufará na cor vermelha, que é o modo como os róimundos demonstram reverência uns aos outros. mesmo aqui entre nós, ele se sente só. porque não nos vê. somos, assim como tudo o mais, o seu vazio. ele olha então para dentro, procurando imagens na lembrança. mas o tempo transforma as recordações, e não tardará para que só se lembre de imagens que ele mesmo criou. quando não existir nada além de si mesmo, não haverá mais flor em seu peito, e desaparecerá. sua aparição pressagia um tempo de prodígios.

deixamos o róimundo no quarto com meu irmão, e trancamos o mistério atrás de nós. que menino sabido, disse tereza. os cegos enxergam dentro, comentou meu tio. ele é mais do que cego, retrucou josé. vou fazer um bolo, declarou por fim minha mãe, e desceu as escadas seguida por tereza. dispersamo-nos, como se, sozinhos, pudéssemos esquecer aquilo que assistíramos juntos. mas os prodígios anunciados estavam já a nossa espera e na manhã seguinte, josé, sem ar, chegou com o primeiro. contou que havia ido à cidade pegar mantimentos; que encontrara antônia, a dona da venda, desmaiada sobre um saco de farinha; que buscou ajuda – três homens fortes –, para carregar antônia até o médico; que no meio do caminho ela despertou gritando a palavra inseticida; que mais tarde, medicada com uma boa taça de chá de cidreira, pôde narrar para a cidade – que se apinhava toda na casa do médico – o que lhe acontecera. uma barata que ria, disse-nos josé com os olhos arregalados, uma não, muitas, corrigiu. a venda de antônia, todos sabiam, não primava pela assepsia. mesmo eu quantas vezes não vi passearem insetos entre os pacotes de balas. mas nunca nenhum me riu. disse josé que antônia, reparando em uma barata um pouco maior do que aquelas com que todos nós convivíamos já sem espanto, uma barata nitidamente diferente das corriqueiras, arrancou assustada o chinelo e claff. disse josé que antes de esmagá-la, naquele segundo antes do chinelo chegar à carapaça, antônia ouviu um risinho e distinguiu mesmo uma careta de escárnio no inseto. josé disse ainda que, não bastasse isso, logo atrás da morta, apareceu outra barata desafiando o chinelo e que o mesmo sucedeu, riso e careta e claff, mais umas dez vezes. até o pior momento. o ápice que levou antônia a desmaiar. erguendo um pouco os olhos da cena, na intenção de pegar um inseticida, antônia divisou nas prateleiras, sentadas, balançando as perninhas, centenas, milhares, incontáveis baratas ridentes. e daí em diante não se lembrou de mais nada. segundo josé, terminada a história, o povo riu à larga, incrédulo. alguém gritou que a velha estava coroca. outro, que mulher solteira tem muita imaginação. e desfiariam suas pilhérias por mais cinco semanas, se não fosse o francisquinho, filho do francisco da farmácia, se não fosse o menino erguer, no máximo que alcançava seu metro e vinte, um tubo de ensaio para todos verem, dentro do qual uma barata ria. segundo josé, o espanto cedeu ao silêncio e o silêncio ao espanto, num ir e vir afásico. até a mãe do menino não agüentar o sucesso e a atenção que o filho angariara sem a sua ajuda e, puxando-o pela orelha, ralhar: quem mandou ir à venda sozinho? mas eu não fui à venda, mãezinha. então onde você pegou esta porcaria?, ela esbravejou. aqui. segundo josé, o menino disse aqui, querendo dizer com isso que encontrara a barata ali mesmo, naquele recinto, onde a cidade se reunia, ali, possivelmente perto dos pés de alguém, ali, dividindo o mesmo calor e o mesmo aperto. segundo josé, bastou dizer aqui, para a turba desembestar assustada, levantando poeira no encalço, até desaparecer. na sala do médico, foram abandonados na pressa vários chapéus, um pé de sapato, a enfermeira e o tubo de ensaio. este último josé tratou de enfiar no bolso e agora pedia licença a meu pai, mas queria descrever o inseto para o meu irmão. depois de matarmos a curiosidade e passarmos de mão em mão o referido tubo, entramos novamente em grupo no quarto de meu irmão, e josé repetiu a mesma história que nos contara. ao final, ajoelhando-se aos pés da cama, pediu, como se pedisse para um oráculo ou santo, que meu irmão orientasse a cidade na solução deste problema, porque só de imaginar o futuro convívio com estes serezinhos, sua espinha gelava. minha mãe se incomodou com os modos de josé, afinal meu irmão era apenas uma criança. uma criança cega, corrigiu meu tio. mais do que cega, completou josé. e antes que nos puséssemos em contenda e decidíssemos o que era apropriado para uma criança, cega ou não, meu irmão começou a falar.

não é barata. mas um exemplar dos sempiternos collectivi. ninguém sabe nem saberá como chegaram à nossa terra, mas é certo que pelo menos por mil anos viveram como eremitas nas matas, antes da construção da cidade. cumpriam rigorosamente um mesmo e doloroso ritual, até que um dia, inexplicavelmente, deram para vaiar. num coro inumerável, vaiavam o que quer que fosse. vaiavam posse de prefeito, vaiavam os artistas no circo e a entrada da primavera. mas de repente, sem explicação, passaram a dançar a ciranda. nossos trisavós aprenderam a dança do gira olhando os sempiternos cirandarem. mudam sem motivo e transformam-se todos ao mesmo tempo. todos iguais a todos. todos agindo exatamente como todos. é por isso que não temem a morte. são espécie, e não se singularizam. se agora nos arremedam, não se pode dizer quando mudarão. e se mudarem, nada garante que não se tornarão piores.

dito isso, meu irmão adormeceu. saímos de fininho do quarto, levando o tubo de ensaio. detesto barata, disse tereza. não é barata, explicou meu pai. passa esta peste pra cá, irritou-se tereza. e, arrancando o tubo das mãos de josé, correu para a cozinha, sumindo no meio das panelas. tereza varou a tarde cozinhando. da sala sentimos um aroma sublime. mas não foi para nós o prato daquele dia. só o sempiterno experimentou. e depois do repasto tereza levou-o de volta à venda. desde então nunca mais ninguém viu nem ouviu falar dos sempiternos collectivi. e quando foi indagada pelo modo como libertara a cidade, a cozinheira comentou com ares de enfaro que assim como um bom livro, um bom prato também faz um indivíduo. nunca mais tocou no assunto. e nós não tivemos tempo de voltar a ele, pois outro prodígio já agitava a cidade. de madrugada, fomos acordados pelos gritos de dona astéria, mulher do açougueiro, que percorrera a pé os vinte quilômetros que separam nosso sítio da cidade. vinha num desespero de dar dó. descabelada, gesticulava levando os braços ao céu: ai, meu deus; ai, meu deus. minha mãe botou-a para dentro, mas não conseguiu fazê-la sentar. um carro, ela precisava de um carro. tinha que ir agora mesmo para a capital. mas àquela hora?, meu tio se admirou. garantindo que faria tudo para ajudar, meu pai tranqüilizou-a, que ele mesmo dirigiria até a capital se fosse preciso, mas antes disso, que dona astéria se acalmasse e contasse o que tinha acontecido. então, olhando suplicante ora para um ora para outro, a mulher revelounos que seu astério havia enlouquecido. que no final da tarde o homem voltara do açougue todo enrolado com papel de embrulhar carne, e o pior, com um saco de pão enfiado na cabeça. que ela, não reconhecendo o marido, sentou-lhe a vassoura. que seu astério, para proteger-se das pancadas, trancou-se no banheiro gritando: nunca mais saio daqui. dona astéria contou que, ao notar seu engano, resolveu deixar o marido sozinho. quem sabe lia o jornal e se acalmava. e, nesta esperança, preparou o jantar, enfeitou a mesa, trocou de roupa. mas nenhum som vinha do banheiro. chamou-o uma, duas, trinta vezes à mesa, os pratos fumegando, e nada. bateu na porta, forçou a maçaneta, a comida esperando, e nada. subiu num banquinho, pelo lado de fora da casa, na altura da janela do banheiro, o jantar frio e esquecido, mas só viu escuridão. dona astéria contou ainda que correu para o vizinho pedir socorro, mas que lá também a situação era grave. que polete, a filha caçula do casal paulo, chegara da escola ruborizada, e esgueirando-se pelas paredes, acabara por esconder-se debaixo da cama. e de lá não conseguiam tirá-la. o casal paulo contou de outros casos esquisitos, e mais, que pela cidade corria o boato de uma epidemia de vergonha. vergonha?, perguntei. vergonha, sim. os doentes fazem a mesma coisa, enrolam-se, escondem-se, apagam as luzes, quebram até os espelhos da casa. dona astéria estava bem informada. vamos falar com o médico, sugeriu minha mãe. ai, o médico, gemeu dona astéria: o médico subiu no telhado e disse que só desce de lá morto. o médico também! – exclamamos. a mulher então, como se acordasse de um transe, voltou ao desespero: o carro, preciso do carro, para ir à capital buscar um médico, ai, meu deus, ai, meu deus. meu pai vestiu o paletó por cima do pijama, e partiu com josé e dona astéria à cata de um médico na capital. em casa ninguém dormiu naquela noite. minha mãe subiu para ver meu irmão. eu peguei um livro para distrair-me, mas perdi a concentração, ao notar os olhares que tereza e meu tio trocavam. na certa tramavam algo. e quando meu tio, de fininho, saiu na bicicleta de josé, tive certeza de que a noite seria longa. tereza fez pão de minuto e encheu para mim um copo com leite. quando minha mãe desceu, ficamos as três na varanda observando as mariposas rondando os lampiões.

até distinguirmos meu tio voltando pela alameda. no carrinho acoplado atrás da bicicleta, notamos que ele trazia uma trouxa. ele conseguiu, exclamou tereza. conseguiu o quê, perguntou minha mãe. meu tio havia trazido da cidade a pequena polete. os pais tinham concordado, na esperança de que diante de meu irmão, cego e tudo o mais, ela se desinibisse e contasse alguma coisa do que lhe acontecera. vinha na trouxa porque não suportava que ninguém a olhasse. minha mãe estava tão espantada com a audácia de meu tio, que só conseguiu balbuciar alguma coisa quando, ajudado por tereza, os dois carregavam polete pela escada acima. entrei com eles no quarto de meu irmão. minha mãe, não. ficamos no escuro e em silêncio aguardando a revelação. que tardou. a escuridão já não parecia tão escura assim, quando polete gaguejou: júniu. júnior era o apelido de meu irmão. júniu, repetiu, foi um macaco; o macaco me olhou de um jeito; parecia que não tinha rosto; mas ele viu tudo de mim; ele olhou pra dentro, júniu, pra dentro dos meus olhos. então, pressentimos um tremor vindo da cama. a coisa devia ser séria. raramente meu irmão se mexia. e pedindo que polete chegasse mais perto, assim contou:

fique sossegada, polete. ele não viu nada. e o que poderia haver de errado com uma menininha como você. ah, aquele embusteiro. ele não é um macaco, é apenas um arremedo de gente. pior, é apenas uma sombra. se vocês pudessem tocá-lo, suas mãos atravessariam seu corpo. ele não é nada, e justamente essa é a sua arma. chama-se anonimus in multitudine. ataca geralmente nos centros das cidades. ele é aquele olhar que nos fixa de dentro de um ônibus em movimento, que nos fixa apesar de haver tanta gente a nossa volta, que nos escolhe, e vai embora, como se roubasse um segredo. o rosto inexpressivo; o olhar vazio. sua aparição poderia ser entendida como um sinal: um sinal de que nossa cidade está crescendo. mas o que atrai o anonimus in multitudine não é exatamente uma cidade grande, mas uma cidade de estrangeiros. vocês devem procurá-lo juntos, e encará-lo juntos, e juntos dizer que o conhecem, e perguntar todos juntos se ele os deseja conhecer. feito isso, ele sumirá.

polete abraçou meu irmão. estava curada. meu tio e tereza, então, levaram-na de volta para casa. precisavam contar a boa nova. ficamos no pátio, minha mãe e eu, admirando a aurora. minha mãe segurou minhas mãos com força entre as suas e confessou que tinha medo. que nunca imaginara passar por esta barafunda. que não sabia ao certo como ser mãe de uma criança como meu irmão. que sentia como se ele não lhe pertencesse mais. e que sofria por constatar o próprio egoísmo. ouvi sua confissão em silêncio, enquanto os pássaros saudavam o dia com seus sibilos e trinados. sem ter palavras para consolá-la, apoiei minha cabeça entre os seus seios. estávamos ainda abraçadas, quando alguma coisa puxou a barra de meu vestido. eram duas crianças. as mais coradas e roliças que se possam imaginar. davam-se as mãos, e nos olhavam de baixo, como se fôssemos duas torres. receberam o nosso espanto com um delicioso sorriso, e disseram ao mesmo tempo: água. minha mãe, solícita por natureza, ergueu-as no colo, e levou-as para a cozinha. entretida com os pequeninos, deixou para mim a tarefa de cismar. e eu cismei. como haviam chegado ali, aqueles dois irmãozinhos (pois eram visivelmente parecidos). e tão pequenos, que se diria, mal tinham deixado os cueiros. não podíamos olhá-los sem nos enternecer. e tomaram água, e comeram pão com queijo, sempre de mãos dadas. moviam-se com o desengonço próprio dos bebês, o que os tornava mais e mais graciosos. quando apontavam os objetos e falavam dá, fosse o que fosse, era impossível negar-lhes. e nesta brincadeira, passaram por suas mãos grossas fatias de bolo, copos de chocolate e toda sorte de biscoitos. de volta ao pátio, deram para apontar os animais, de modo que minha mãe e eu passamos maus bocados para reunir os cavalos, enlaçar um carneiro, agarrar uma galinha, no intento de satisfazer o deleite de nossos visitantes. mas ainda que ríssemos de seu jeito, e minha mãe comentasse a todo instante como eram encantadores, ainda assim alguma coisa me incomodava no modo como se faziam irresistíveis. de onde vocês vieram, perguntei. mas a resposta consistiu em dois sorrisos abertos e desconcertantes. mãe, devemos procurar os pais dessas crianças, eles devem estar preocupados, sugeri. é verdade, comentou minha mãe com pesar. e assim, dirigimo-nos para a estrada, único lugar de onde poderiam ter vindo. não havia viv'alma. fomos caminhando com os pequenos pelo circuito que leva à cidade. os dois sempre de mãos dadas. andamos, apesar do sono atrasado, com disposição renovada pela espontaneidade das crianças a denominar, na paisagem, as coisinhas que lhes davam alegria. flor, apontavam. e minha mãe e eu admirávamos como se fossem novidade as flores do campo, esparsas no mato desgrenhado. céu, diziam. e o céu crescia sobre nossas cabeças em sua magnitude infinita. pedra. e a pedra era a primeira pedra, a pedra a partir da qual qualquer coisa poderia ser construída. aos poucos já não sabíamos se as coisas denominadas existiam previamente ao ato de enunciálas, ou se passavam a existir depois de designadas. esta dúvida ficou ainda mais forte quando apareceram na estrada um elefante, um tobogã e uma cascata. mas tudo isso nos distraiu, e sem percebermos chegamos às portas da cidade. chegamos exatamente no momento em que o médico trazido da capital ingressava num ônibus de volta para casa. ele, atrasando o passo, fez um agrado na cabeça das duas crianças, acenou para meu pai e josé, e partiu.

mal acabáramos de ouvir o relato de como a cidade expulsara o anonimus in multitudine, mal fôramos informadas por josé sobre a decepção do médico ao chegar na cidade já curada, quando uma aglomeração de curiosos, cada vez maior, nos cercou, hipnotizada pela simpatia dos dois pequeninos. queriam todos ao mesmo tempo tocar as crianças, que, indiferentes ao perigo que representa a multidão, sorriam como sempre. minha mãe e eu tentamos protegê-las, mas em meio a tamanha confusão, acabamos perdendo-as de nossas mãos. a turba, como uma enorme mandala, oscilava para frente e para trás, e já não era possível alcançar o seu centro. lá com certeza, no miolo, estavam os pequeninos. em vão nos lançamos contra a espessa parede de corpos que os circundava. minha mãe chorava de aflição. não há o que fazer, declarou por fim meu pai, é inútil e perigoso. voltamos todos para casa em seu carro, inclusive tereza e meu tio. estávamos exaustos. e se não bastasse em nosso peito a preocupação com as duas crianças, chegando em casa pinçou-nos, a mim e à minha mãe, o remorso de havermos deixado sozinho, sem disso termos dado conta, meu irmão. dormi aquele dia e a noite ininterruptamente. de manhã, tereza me esperava na cozinha com um farto café e algumas novidades. tereza explicou que não havia visto nada pessoalmente, mas ouvira de meu tio, que soubera por josé, dos fatos da cidade. a título de preâmbulo, contou que josé, muito impressionado com as estranhezas dos últimos dias, madrugara e correra para a cidade a fim de conferir o andamento dos acontecimentos. que, chegando lá antes do sol nascer, presenciara a mesma multidão que deixáramos para trás um dia antes, ainda rodeando os pequenos. e mal havia caminhado dois passos em direção ao aglomerado, quando ouviu uma exclamação, e assistiu à gradativa dispersão da turba. e porque as pessoas

a mulher no escuro ▪ 125

começassem a se afastar e abrir a roda, tereza contou que josé pôde introduzir-se para o centro desta. segundo tereza, meu tio, para enfatizar o fato admirável que josé presenciara, classificou-o de milagroso. josé, alcançando o miolo da roda, viu um dos pequenos suspenso no ar, sem cordas ou fios. muito devagar, mas perceptivelmente, a criança afastava-se mais e mais do chão. tereza explicou que josé, com presença de espírito, pediu aos berros uma escada. por esta subiu e trouxe com esforço a criança para a terra. depois disso, amarraram-na com correntes para que não se elevasse. e o outro pequeno? – eu quis saber. estava feito louco, choramingou tereza. meu tio lhe contara que josé o pegou feito um autômato, chocando-se contra as pessoas e os obstáculos, batendo e voltando, os olhos virados para dentro e proferindo frases sem sentido como: eu vou trabalhar, já estou saindo, onde pus minha pasta, deixe eu sair, alimentem o gato, não há mais tempo. eu estava boquiaberta, e provavelmente ficaria neste estado por mais dez minutos, se não fosse meu tio aparecer na janela, gritando: chegaram. tereza correu para fora e eu a segui. para nosso assombro, lá estavam, no pátio, josé e os pequenos. uma das crianças vinha suspensa no ar como um balão, presa por um cordão em suas mãos firmes. a segunda andava, muito ereta e apressada, como um autômato, de cá para lá e de lá para cá, resmungando: não há mais tempo, devo sair, onde pus minha pasta, vou trabalhar, vou trabalhar, vou trabalhar. exatamente como meu tio contara para tereza. abrimos passagem, e mesmo minha mãe não protestou quando josé e meu tio encaminharam os pequenos para o quarto de meu irmão. contamos a história do princípio, de como as crianças haviam chegado não se sabia de onde, de como eram adoráveis, de como a cidade as abordara e do estado lamentável da situação atual. meu irmão quis saber se, quando apareceram, os pequenos tinham chegado de mãos dadas. sim, eles se davam as mãos. então, pediu que uníssemos novamente as mãozinhas das crianças. feito isso, o encanto se quebrou, e os pequeninos voltaram a ser o que eram: duas criaturinhas irresistivelmente deliciosas. Assim, meu irmão explicou o mistério:

> eles não são crianças. são velhos como as histórias e sedutores como os sonhos. chamam-se corpus et animus e, acredita-se, só têm nexo unidos. são fruto de engenhosa imaginação, à qual acabamos por aderir e acreditar tão fortemente, que mal percebemos outros modos de nos pensarmos e nos vermos. sua aparição é um aviso: é hora de procurar outra imagem para vestir nosso próprio entendimento, a despeito de sofrermos tristes conseqüências.

dizendo isso meu irmão dormiu. e com seu sono desapareceram também os pequenos. e agora, perguntou josé. e agora, repetimos em eco. temíamos a advertência das palavras de meu irmão e descemos as escadas em estado de enigma. meditávamos sobre aquilo que em nós caducava, nosso corpo e nossa alma, sem encontrar, porém, a nova imagem que nos livraria das tristes conseqüências. passamos dois dias recolhidos no silêncio de nossos afazeres, matutando soluções. de quando em quando um suspiro quebrava a pasmaceira, às vezes um resmungo, ou até uma praga proferida entre dentes. e a cada vez, por estes sinais de derrota, sentíamo-nos mais perto das presas da esfinge. no entanto, quem sabe se porque ao redor da mesa nos tornássemos fortes, dispostos como elos de um círculo perfeito, quem sabe por conta da visão alentadora de substanciais iguarias, quem sabe por não termos mais como sustentar sozinhos as dúvidas de nossas pesquisas, o almoço encorajou as primeiras confissões. não sei como pensar algo diferente de corpo e alma, desabafou meu pai. pois como estas mãos que destrinçam o frango, prosseguiu, estes meus dentes que o trituram, como podem estes olhos que procuram pelo molho de mostarda, não serem partes de meu corpo, como pode o meu corpo não ser corpo. meu tio, porém, observou argutamente que talvez a noção problemática fosse a de alma. ao que tereza objetou, da cozinha e em voz alta, ser a idéia da alma uma das mais belas idéias que conhecia, pois que era justamente a alma, no seu entender, que daria sobrevida ao seu corpo depois da morte. a alma sobe, explicou tereza adentrando a sala com uma terrina fumegante de batatas assadas, ela sobe para o céu como um passarinho e vira anjo. escusado pela boca cheia, meu tio não retrucou, afinal algumas crenças são tão singelas que embelezam e enfraquecem as agruras da vida. mas josé bufou, espirrando farofa na toalha. e nos surpreendeu, porque era comumente discreto, e nunca havia afrontado ninguém, quanto mais tereza e seu credo, cujo exercício nos incluía no zelo benéfico das rezas e lamparinas. bufou, tossiu e bateu a mão espalmada na mesa. é tudo corpo, declarou, como é que vocês não percebem, perguntou impaciente, afirmando peremptório que não somos mais do que máquinas, assim como os automóveis; que precisamos de combustível e revisão constante das peças, e que resulta do trabalho desta máquina-corpo nada mais do que detritos e idéias. minha mãe, cujo recato incluíra desde sempre menos a aceitação das regras morais do que a reverência e cuidado a tudo o que acreditava sagrado, indignou-se com josé. lançou com alguma violência uma colherada de quibebe no prato: o corpo é como um templo, morada de mistérios invioláveis, e não consigo pensá-lo em partes, mesmo que lhe faltasse um dedo, estaria enquanto tal inteiro e íntegro. josé riu, gargarejando o vinho da maneira mais aviltante, e troçou, asseverando que não há misté-

128 ▪ cláudia vasconcellos

rio inviolável no corpo que resista a um bom vermífugo, além disso qualquer corpo terá tantas partes quantas um cirurgião puder esquadrinhar com seu bisturi. josé, ralhou meu pai. e o almoço terminou sem mais um pio. mesmo a torta de morangos foi recebida secamente, ainda que as pupilas se dilatassem. tomei o café na varanda, admirada da contenda filosófica em que nos enredáramos. via josé capinando ao longe, e pressenti que já vivenciávamos um novo prodígio. mas qual, indaguei, quando josé ergueu um tufo de mato e gritou para mim que tudo era corpo, matéria e mensurável, que tudo se explicava, e não haveria charada que uma investigação séria não resolvesse. não respondi. mesmo assim, josé, ofendido, jogou o mato longe e a enxada, e saiu na bicicleta resmungando que havia de provar sua teoria. uma semana depois estava fundada, com sede em nosso sítio, a sociedade amigos da verdade, cujo presidente era josé, e que congregava membros ilustres como médicos e engenheiros, estudantes de medicina e engenharia e interessados em geral. os amigos da verdade reuniam-se três vezes por semana na pequena casa de josé, e abriam sessões ao público para comunicar seus estudos. assistimos por esta época a várias palestras de caráter científico, proferidas ao ar livre, por conta do elevado número de curiosos. pela primeira vez muitos de nós puderam admirar em retratos e pinturas, e com abrangentes explicações, o corpo humano e seu conteúdo. e ainda que interessantes conferências como 'investigando o baço', 'o poder do pâncreas', 'da colite à artrite', 'somos tubos', nos agraciassem com surpreendentes conhecimentos, ocorreu que concomitante aos colóquios nós, ouvintes, fôssemos subitamente acometidos de dores e males dos quais nunca havíamos sofrido e uma ladainha de lamentos forçou nossas autoridades a importar das cidades vizinhas novos mé-

a mulher no escuro ■ 129

dicos e enfermeiras. e se o cimento, a ponte pênsil, as máquinas a óleo e as ondas do rádio foram festejados por conferencistas engenheiros, estes mesmos itens entraram para nossas vidas, ainda que sua necessidade parecesse duvidosa. foi assim que meu pai cimentou o pátio e as ovelhas nunca mais rodearam a casa no cair da tarde. foi assim que tereza e minha mãe deixaram de se interessar pelos conhecidos, passando a se preocupar com histórias distantes trazidas nas ondas curtas. e assim foi que meu tio substituiu a velha segadeira por uma máquina a diesel, que além do barulho passou a dar constantes dores de cabeça inventando os modos mais variados de enguiçar. as novidades sucediam umas às outras tão velozmente, que poucos podiam contemplar as estrelas ou o desenho das sombras das árvores sob o luar. poucos surpreendiam-se com joaninhas e borboletas, a não ser para dissecá-las e classificá-las num quadro de insetos. uma equipe médica inteira passou a nos freqüentar, depois que meu pai, aconselhado por josé, decidiu lançar mão dos mais modernos recursos para salvar meu irmão da apatia. submetido a testes e instigado por drogas e investigado por máquinas de raio-x, meu irmão aos poucos recuperou os movimentos e o tato, e pôde, a partir de então, andar pela casa, caminhar até os currais, sempre assistido por algum de nós, uma vez que ainda não enxergava. ele falava pouco e o que nos manifestou a respeito de sua progressiva recuperação foi o deitar sentido de lágrimas, sem amargura, lágrimas brancas, que cada um interpretou como quis. está agradecido, disse tereza ao meu pai. é muita emoção, é muit..., engasgou minha mãe. os médicos foram parabenizados e abraçados e deixaram o sítio levando nos bolsos dez alqueires de terra, onde nascia, entre pedras polidas, um ribeirinho manso. passei muitas tardes com meu irmão na varanda, partilhando a brisa e o

130 ■ cláudia vasconcellos

ruído de obras que esticaram, da cidade até nosso sítio, fileiras de postes de luz. um *frisson* de luminosidade fez brilhar as ruas e se divisavam casas até nos recônditos mais improváveis do vale. e de clarear tanto, tudo o que fosse possível, com adesão praticamente unânime dos moradores da cidade, a cegueira obstinada de meu irmão passou a incomodar, e a escuridão de seus olhos foi mesmo considerada uma afronta. josé, em nome dos amigos da verdade, intimou meu pai a resolver a situação, pois não era possível que ainda hoje, com os comprovados avanços da técnica e tudo o mais, um fricote destes fosse permitido, sabido que estava, e corroborado por especialistas, que seu mal não advinha de fatores físico-biológicos, e portanto que aceitasse mais este conselho e recebesse a visita de um doutor psicólogo vindo da capital. o doutor chegou dias depois com um cachimbo displicente penso no canto da boca. observando nossa casa como mais uma casa, subiu as escadas para atender a mais um caso. fechou meus pais para fora do quarto sem muitas explicações e paciência, instituindo assim a fronteira de seu domínio. domínio que incluía a minha presença, exigida por meu irmão para o tratamento. passei algumas semanas como espectadora daquelas sessões, que seguiam o modo dos romances policiais, atrás de pistas dispersas e recolhidas de histórias passadas, que serviriam para revelar um segredo terrível. segredo que estaria na origem da cegueira de meu irmão e cuja simples enunciação lhe traria a cura. porém, quanto mais mexíamos naquelas memórias – pois eu também contribuía com a lembrança de um nome ou de uma data –, quanto mais revolvíamos nosso passado, reconstruindo nossa infância, menos evidente ficava a teoria do segredo terrível. qual o segredo de manhãs a escancarar nossas janelas, em dias gastos entre lençóis alvíssimos que tereza estendia para brinquedo do vento; o que haveria de terrível nas noites consoladas pelo convívio dos pais, do tio, de josé e de tereza, e de seus beijos antes de dormirmos. e mesmo os domingos tão quietos, a pasmaceira de bois entre o capim, ainda assim, abertos ao tédio, não podíamos maldizer aquelas tardes azuis, pois era justamente nelas que amadurecíamos nossos sonhos e anseios como frutas sob o sol. os medos de minha mãe, o olhar severo de nosso pai, os reveses de humor de tereza e de meu tio não geraram segredos – explícitos que eram. um tapa, um castigo, um não, nunca cavaram esconderijos nem cavernas dentro de nós, mas nos faziam simplesmente externar lágrimas ou deitar um palmo de beiço para fora. contrariado com o rumo das investigações, o doutor psicólogo lançou mão de nova estratégia. explicou que havia uma espécie de resistência por parte de meu irmão em abrir-se para a verdade, que era preciso desconfiar do idílio familiar, e provocava-o perguntando o que ele não queria enxergar, por que ele não queria ver, qual o problema da luz, por que esconder-se nas trevas, que medo era aquele. mas meu irmão se calava, obrigando o doutor a elevar a voz para as mesmas perguntas: o que você não quer enxergar, por que você não quer ver, qual o problema da luz, por que se esconder nas trevas, que medo é este. uma tarde, porém, fatigado pelas perguntas e incomodado com o constante tom de dúvida e escárnio na voz do outro, meu irmão interrompeu-o com autoridade incontestável:

é triste o fardo de seu ofício, doutor: verificar infalivelmente em cada caso a sua teoria e estar condenado a ser para sempre um homem sem surpresas. ainda que possa me envolver com uma tarja e forjar-me um nome, somente eu sei o meu nome e os meus por quês. não o quero mais em minha casa ou em minha cidade e desautorizo-o dizendo: os meus olhos vêem o que a luz ofuscou nos seus; quanto mais iluminadas forem as sombras do mundo, mais fantasmas elas criarão; caecus in lumine est.

à boca pequena correu pela cidade a notícia da experiência malograda com meu irmão e comentava-se a resignação passiva de nossa família diante do caso. aqui e ali um rosto se trancava para os meus pais, sem que estes entendessem o porquê. segundo meu tio, que contou para tereza, que relatou para mim, josé pensava em nos deixar, envergonhado que estava de nos fecharmos para a evidência da verdade, porque todos já sabiam e aceitavam o fato, derivado da teoria do doutor psicólogo, de que tudo, tereza se benzeu, era desejo. desejo, admirei-me. mas tereza não repetiu a palavra violenta. falando com meu tio, este me explicou que josé, corroborado pelo doutor, lhe dissera ter certeza de estarmos movidos por um desejo secreto de regressão. regressão, espantei-me. mas meu tio tinha problemas a resolver com a sua nova máquina e saiu apressado. finalmente diante de josé, que agora apenas palidamente lembrava o josé de um dia, ouvi que sim, que ele sabia de, e quase todos percebiam, os nossos objetivos retrógrados, porque era preciso duvidar da aparente inocência de nossos modos, que toda ação esconde uma intenção paralela, subterrânea, e a que perpetrávamos, estava claro, era sabotar os avanços da sociedade amigos da verdade, e, sendo assim, sairia do sítio o mais breve possível, mesmo porque já era hora de expandir seus empreendimentos e assumir seu desejo de autonomia, pois quem não cresce é fatalmente devorado pelos outros, todos movidos por iguais intentos, e lamentava pela nossa sorte, pois era evidente que meu pai teria problemas em manter o sítio, mas que não moveria uma palha para ajudar aquele que já não ouvia mais os seus conselhos. josé virou-se e trilhou determinado em linha reta o caminho para o seu desejo. desejo, pensei. e esperei, aguardando as conseqüências deste novo pro- dígio. que logo apareceram e de forma descontrolada. foi o curso destes acontecimentos que narrei para meu irmão, quando, assombrosos demais, passaram a exigir alguma resposta. contei como todos na cidade, resolven- do trilhar, de repente, em linha reta e ao mesmo tempo, o caminho para os seus desejos, acabaram por fazê-los chocar-se uns com os outros, provocando variados tipos de contendas. e se o desejo pela mulher alheia foi um dos que mais acenderam a fogueira da discórdia, foi, no entanto, o desejo pelos bens alheios o estopim de acir- radas disputas. e já não era incomum vermos ex-amigos atracarem-se nas praças, rolarem escadas, e suas esposas e crianças descabelarem-se nas feiras. contei de como eu estranhava o mundo novo a nossa volta e mal me reco- nhecia entre as coisas, sofrendo a nostalgia por um outro tempo. contei que me sentia como um balão sem lastros, à deriva do vento inconstante, sem saber como parar. tão só, apesar de divisar outros tantos balões como eu no céu sem rumo. e que estes mal percebiam a sua sorte, distraí- dos que ficavam com as cores sempre renovadas de nosso revestimento. e confessei que, sendo o desejo hoje capi- tão de nossos atos, em mim ditara uma vontade forte, mas também impossível, de correr daqui para trás, para o começo de tudo, bem distante desta confusão. termina- do o meu discurso, meu irmão ergueu-se dizendo:

desiderium não será seu capitão. como entregar o leme a este pequeno vagalume de brilho inconstante. ele, que acende sempre ali e além a fagulha da esperança, tornan- do-nos infatigáveis na busca estéril. sua luz acena o deserto e seu rastro aponta apenas viagens sem chegada. segui-lo significa nunca mais estar em casa. é grande o fascínio de seu lume e difícil será afastá-lo. mas devemos agir: celebraremos uma festa neste sítio com toda a cidade. ainda que não o vençamos, ao menos teremos evocado em cada um o modo de derrotá-lo.

tomei o encargo da festa, apoiada por meus pais, que queriam agradar meu irmão. tereza iniciou a confecção das compotas – mamão verde, figo, cidra – e tachos de doces fervilharam, dia e noite, sobre o fogão a lenha. meu pai se incumbiu do abate dos bois e dos carneiros, chamando cinco ajudantes para garantir o churrasco. batendo de casa em casa, meu tio gastou muitas tardes na cidade convidando pessoalmente aqueles que, desconfiados, haviam se afastado de nós. e se a antiga amizade já não era suficiente para garantir a presença daquela gente, o anúncio dos doces, a promessa de carne e de cerveja avivavam o afeto rompido. os preparativos ocuparam por dias minha mãe e eu, que corríamos de um lado para o outro pregando bandeirolas e enfeitando as janelas com guirlandas de flores. viria muita gente. até um violeiro. até um sanfoneiro. mas tínhamos dúvidas quanto à presença de josé. festa a propósito de quê, disse-me meu tio, relatando a pergunta que josé lhe fizera ao ser convidado. festa pela festa, respondeu-lhe meu tio, conforme meu irmão lhe orientara. uma festa sem motivo, sibilou josé. uma festa para estarmos presentes, devolveu meu tio. e, de fato, muitos estivemos presentes. já de manhãzinha os vizinhos começaram a chegar. as crianças de roupa nova, mulheres e homens perfumados. quem vinha trazia por gentileza um quitute a mais, e a mesa que armáramos no pátio não tardou a ostentar delícias para todos os gostos. meu irmão a meu lado recebia os cumprimentos, apertando com firmeza aquelas mãos como se não fosse apenas um menino. e firmes fixaram-se sorrisos nos rostos, corados pelas brasas sob as carnes, corados pelo primeiro gole de cachaça e pela vergonha mal disfarçada de privarem com os mesmos colegas com quem dias antes haviam disputado na cidade. e quando soou a primeira nota da sanfona, o acanhamento, que já se afrouxara, cedeu à alegria, e, esquecidas as diferenças, formaram-se os pares, unindo famílias rivais no abraço da dança. uma brisa fresca nos prendeu prazenteiramente à ciranda e animou nossos passos no círculo daquele instante – daquele instante enorme que durou um dia e uma noite. este tempo compartilhado, nenhum relógio poderia medir. e mesmo nós, no calor daquela hora, não poderíamos ser medidos ou contados, pois não se poderia dizer se éramos muitos, ou quantos, pois éramos algo único e inteiro formado pelos laços daquele momento largo. éramos apenas o estar juntos e mergulhados uns nos outros, como uma rede lançada sobre o vazio. desiderium nenhum guiava a nossa roda e girávamos abandonados ao instante que, tecido por nós, ao mesmo tempo, nos acolhia. foi assim, na cadência de muitas voltas, que acreditei ter resolvido a charada proposta por meu irmão uma vez: nem corpo nem alma, entendi, corpo e alma dizem respeito ao homem isolado, pensei, quem se envolve e é envolvido transforma-se, arrisquei, na relação somos maiores que nós, filosofei, e só somos na relação. mas terminada a festa, meu entusiasmo não soube expressar minha descoberta. tereza, meu tio e meus pais riram de minha tentativa de descrever aquilo para que as palavras faltavam. só meu irmão compreendeu, apertando meus dedos entre os seus num toque que dizia: não há ainda a palavra que diz o que você sabe. depois da festa, todos nós, os bailadores, nos tornáramos diferentes, mas nem todos puderam manter viva a chama de uma lembrança. a vida na cidade voltou, então, à sua rotina de desmedida e as vozes do mundo continuaram a sugerir a escalada de píncaros para altas glórias. e não tardou que sofrêssemos os reveses da época. josé comprou o sítio, suspirou minha mãe, o sítio, lamentou tereza, comprou e ponto, terminou meu pai. segundo meu tio, que desabafou comigo e meu irmão, havia uma hipoteca e um empréstimo e um novo imposto, e mais não sei quantos itens desoladores que transformaram a nossos próprios olhos aquela paisagem querida: em vez dos animais, do prado, das culturas, do céu azul, despedimo-nos da terra enxergando em seu lugar prejuízos, dívidas e inadimplências. a profecia de josé se cumpria. o mundo mudara. não havíamos banido, como pensáramos, os sempiternos collectivi, que deixaram suas marcas no modo como a cidade aderia conjunta e impulsivamente a cada novidade a despeito de sua violência. também o anonimus in multitudine criara escola em nosso meio, e raramente se encontrava nas ruas um rosto que acolhesse nosso sorriso. e, assim como o róimundo, todos pulsávamos no peito uma flor esmaecida, sofrendo da sede que a chuva dessas invencionices não poderia jamais alentar. hoje em nosso sítio os amigos da verdade têm a sua fundação. no lugar de pomares e mata estende-se um enorme gramado limpo e bem aparado no centro do qual se ergue um edifício em forma de caixa branca. bem iluminado, ele resplandece quase radioativo durante as noites, puxando os olhares em sua direção. de lá espraiam-se, como os raios de um pequeno sol, novos inventos e velhos inventos em novas roupagens que acabam por distrair-nos da dificuldade que é ter de mudar continuamente. a família vai bem, apesar dos pesares, e meu irmão voltou a ser o menino que fora um dia, sem ares de óraculo, chapinhando e falando palavrões.

FILETE ÍNFIMO D'ÁGUA PARA UM RIO

...aqueles que nos julgam e nos tocam por dentro não fazem grande caso do brilho de nossas ações públicas, e vêem que são apenas filetes e pinguinhos d'água, brotados de um fundo limoso e pesado...

MICHEL DE MONTAIGNE

andando. andando e falando baixinho. bem baixinho e ninguém percebe. como um ventríloquo discretíssimo, a boca semicerrada e ninguém percebe e nem ouve. andando assim, misturando o ruído fofo dos passos na grama ao ruído de outros passos. andando levemente e falando baixinho para mim mesma uma lista de insignificantes próximas decisões. pegar o livro. comprar pão. pagar a conta. amanhã. andando com passos imperceptíveis, falando o discurso inaudível. hoje. porque faz sol e calor em pleno inverno? porque estou cansada? hoje, andando e falando baixinho, saboreio, discretíssima, a loucura, discretíssima, uma pequena loucura silenciosa e solitária. andando. de longe, e sem óculos, sem óculos por opção, vejo a imagem distante, enevoada, adivinha-da, da moça ao lado da mureta. vejo, não vejo, a moça que aguarda ao lado da mureta. andando. não vejo. e falando baixinho. vejo a moça sob o sol. porque faz sol e calor em pleno inverno. passo sob o sol ao largo da presença revelada. andando e falando. falando baixinho do segredo malogrado da moça revelada, subitamente desencantada, ao alcance possível dos meus olhos nus. andando e recitando o desencanto da moça a olho nu. andando e recapitulando baixinho sobre o segredo ma-logrado. ela podia ser como vi ao longe, um rosto hu-mano adivinhado assim: assimétrico, imperfeito, lábios levemente tortos, dentes espontâneos sem nunca nenhu-ma correção, sobrancelhas grossas, e a pele porosa sobre o nariz, um rosto imperfeito sem cremes, mas nunca monstruoso, nunca assustador, familiar como nas festas dos meus avós, aquela gente toda, todo ano, aquela gente, como nas festas repletas de gente comuníssima, a quem se podia dar a mão, eu pequena, em total confiança. an-dando e falando baixinho: de longe a moça era assim, sem grandes medos, aventurada no tempo, aguardando ao lado da mureta, com sua roupa enevoada como a me-mória das roupas sem malícia, a memória enevoada das roupas-cobertura que usava nos meus doze anos. falando baixinho sobre a moça enevoada. e agora aguardando. aguardando sob a sombra da copa da árvore, a primeira sombra úmida sob a copa da única árvore do quarteirão. aguardando e falando. ventríloquo perfeito. aguardando invisível sob a sombra e falando, discretíssima. entoando cantozinho. ladainha. zunzum de mosquinha. farfalhinho palatal. bem baixinho. loucurinha de nada. quase invisível. a cidade não tem sombras. ou raras. a cidade: janela arreganhada como boca clinicamente disponível aaaaaaaaaaaaaaaaaaaaaaaaaaaaaaaaaaaaaaaaa andando. e pensando em voz baixíssima que a cidade não tem sombras nem silêncios. roendo, rangendo, rugindo sempre. mas eu. raro é o meu murmurinho d´água. sussurrinho de nada. ronquinho de bebê. raro estado literário, filete ínfimo d´água para um rio. andando. andando e falando baixinho: raramente falo baixinho, sou assim de gritar ou calar, assim normalmente como todo mundo dentro do bar com música altíssima, gritando para falar, gritando para rir, gritando para ser também presença nos bares de música altíssima, até enrouquecer, ou então me calo, dentro de casa, me calo, assim como todo mundo, sozinha, televisão ligada, televisão que fala e fala e diz tudo. sou assim normalmente. de gritar ou calar. andando. marchinha ligeira de formiga. formiguinha invisível da cidade. falando baixinho. decidindo em forma de mantrazinho: não vou, se eu for, como será a fila, serpenteante alongada sem fim, amanhã bem maior, se não for amanhã, depois de amanhã, como estará a fila, enorme, enorme. decidindo baixinho. minha reza minúscula. chiadinho de brasa de cigarro. bem baixinho. não vou. não quero. outro dia. depois. andando. minha pequeníssima transgressão. não quero. hoje, não. andando e falando minha revolta mínima. revolta de passarinho. andando, invisibilíssima. finalmente invisibilíssima, como havia desejado uma vez, na festa da escola, há vinte e dois anos atrás, na festa repleta de olhos, olhões por todas as salas e escadas e abertos no dentro das cores de todos os quadros, olhos em mim debruçados, na festa longínqua e ainda presente, vestígio ofegante e insistente de

a mulher no escuro ▪ 141

um pesadelo. andando e falando: o dia azul disfarça tudo de azul sem nuvens. andando sem nuvens, disfarçada. andando disfarçada sem cenho ou rugas, sem máculas. falando baixinho. rumorzinho de notícia triste. choro escondido. lá no fundo. lá na sombra preta da caverna que eu sou. lá onde ninguém chegou em mim. lá onde se encrespa o mar. lá onde não tem azul. andando e falando baixíssimo. loucurinha microscópica. recitando o que vejo sem óculos, bem baixinho, sem óculos por opção. um cartaz, uma placa, um *outdoor*, um muro, uma bandeira, e, sobre cada um, um borrão, de imagem ou palavra, um borrão indecifrável, mudo, sobre cada um o silêncio de fósforo riscado shhhhhhhhhhhh. andando. shhhhhhhhhhhh. sem entender. e falando: se pudesse só andar, ir em frente, sem parar, numa reta ou linha sinuosa, nunca um círculo, fugir sempre dos ciclos, seguir em frente sem pressa, se pudesse ser assim. andando. andando devagar, passinho curto japonês, passinho surdo de mulher islâmica, meu passinho de borboleta sobre a flor. e agora aguardando, antes da rua, sobre a guia da calçada. e murmurando, sobre a guia da calçada: tenho medo, como sempre tive medo, medo puro, como sempre na infância, à cada noite da infância, na penumbra, adivinhando o por de trás da porta do armário, toda noite despencando no sem fundo de um segredo pela porta do armário, toda noite no sem fundo do medo, noite despencada do mundo, sem paredes, sem limite, shhhhhhhhhh. hesitando um instante antes da rua, sobre a guia da calçada. duvidazinha. cisco. tímido presságio. e aguardando. e aguardando. e aguardando. ao largo das faixas brancas sobre o chão preto de piche. à margem do próximo passo. aguardando e inventando o mínimo para o próximo passo. pequeníssima coragem. minúscula certeza. fumacinha no céu, fiapo de nuvem:

142 ▪ cláudia vasconcellos

sinal discretíssimo. e hesitando. como a libélula antes
do mergulho. como a abelha antes do bote. hesitando.
aguardando impulso mínimo. ínfimo ânimo. e murmurando: se fosse dizer e fazer conjuntamente, falar e agir
concomitantes, se fosse a palavra pedra a mesma pedra
da rua, então eu dizia vai, eu dizia já, eu dizia eu. murmurando baixinho: eu dizia vou. bem baixinho. marulho
de praia mansa. ronquinho do vôo do beija-flor. e hesitando. e decidindo. e... andando. sem saber onde chegar.
andando simplesmente. sem saber o que muda no vagar
de cada hora. andando devagar e temendo o que muda a
cada instante. temendo o salto no vazio de cada passo. a
dor de todo início. falando baixinho sobre a flor de cada
início. flor de todo abismo. flor que eu arremesso. e ninguém percebe. e morro e refloreço, e ninguém repara.
andando na cidade. nascendo e florescendo, discretíssima. violetinha à toa. e ninguém vê. andando e falando:
se deixasse escapar a lágrima, se o sol a incendiasse, se ela
luzisse minúscula como caco de vidro, ínfima como um
grãozinho de sal, se fosse assim diamante diminuto no
meio do meio-dia. andando e falando baixíssimo: se fosse
assim. e murmurando: se derramo a lágrima, se a lágrima
luz sob o sol do meio-dia, se nela brilha o meu arco-íris
minúsculo, se choro à luz de um prisma microscópico,
se... andando. vertendo fio de lágrima. nascente para
um rio. e um rio para meu pequeníssimo mar profundo.
andando profunda no raso da rua e falando baixíssimo.
loucurinha de nada. quase invisível. felicidade mínima.
mas ninguém percebe.

QUANDO A NOITE

I

Minha casa está cheia de flores e eu só peço um sorriso. Antes que seja tarde e a noite caia. Não como sempre cai, escurecendo e espargindo medo, fantasmando as sombras. Não. De outro modo. Antes que seja tarde e a noite caia como se fora natural e desnudada dos mistérios, como se não fosse mais diferença e dor. Peço um sorriso, antes disso. Um sorriso, não importa em que rosto, venha da boca que vier. Mantenha apenas a integridade de ser sorriso de gente, porque gente tem o gosto da máscara. Um sorriso assim, ordinário, que aprove ou não aprove as flores em minha casa. Mas alguém que venha e veja o resultado de toda uma manhã de trabalho. Saiba ou não saiba o difícil que é fazer o que fiz, não importa. Não preciso que adivinhe o suor que encharcou minha camisa, e quantas vezes tive de arregaçar as mangas, feitas de um tecido mole, que teimavam em descer o caminho do braço. Nem peço que deduza, pela cor da terra, o tanto que a agüei. Alguém que chegue, mesmo que aturdido em pensamentos. Mesmo que, sorrindo sobre o próprio passado, não repare em minhas flores. Mas que chegue, e que sorria. Porque então posso regalar os olhos com aquele no meio da paisagem que inventei. E não só isso, pois seria muito pouco. Porque então presencio um sorriso de alguém, que não seja eu e esqueço o silêncio que me acompanha há um bom número de dias.

II

A casa está cheia de flores que perfumam e têm pétalas coloridas. Fico aqui, no meio delas, enquanto a noite não vem. Mas não sou como os gerânios, nem como os cravos, muito menos como os girassóis. Permaneço no jardim que planejei e construí, mas disfarçada de mim mesma e com todos os requintes. Cabelos penteados para trás, roupa em desalinho, no rosto um desconforto qualquer vislumbrado por uma leve contração labial. Gestos ensaiados que o hábito perpetuou. E eu que sempre fora do jeito que não sou, fiquei assim, do jeito que não era. Coisas de gente que perdôo e incentivo. A dureza da flor magoa minha maleabilidade, deixando-se inundar de seiva as folhas, sem o mínimo tormento. Sou flor, parecem dizer, e nenhuma palavra a mais. Enquanto o que faço na espera é duvidar do papel que me cabe nesta sala; é puxar pela memória o exato instante em que o processo teve início e suplicar a redenção pelos erros que suponho cometer; desejar um novo nascimento a cada nova hora. E pedir que assim seja, e ouvir o silêncio. E pedir que assim seja, e ouvir mais silêncio. Enquanto o que faço é descobrir que o processo me antecede e saber por um aguçamento dos sentidos, por um zumbido vindo dos confins do corpo, saber que o processo existe, verídico como o pulsar no peito, como o pulsar no cerne dos frutos, vida. (É deixar morrer a idéia e assumi-la mais adiante como se fora inédita.)

III

As flores e eu, enquanto o ocaso prenuncia a noite, avermelhando tudo indistintamente. Divido com as flores o mesmo entardecer, esperando a noite revelar a diferença indisfarçável. Porque há um pouco de estrela em tudo o que se distingue. Na escuridão, resta que alguns prossigam consumindo a própria luz e outros se apaguem. E eu só peço um sorriso, no temor da noite desvelada, da noite irmã. Um sorriso, incerto ou sincero, que me aproxime daqueles que por essência têm o prazer do disfarce, a bênção do erro, que me aproxime destes com a mesma força que me afaste da noite. Dela quero a distância, quero-a apenas objeto de enigmática contemplação, dúvida. Como pode ser tão preta? Recebe indiferente o que se extingue ou divide seus segredos? E eu aqui, fraca, pedindo um sorriso que tarda, os olhos apertados já de esperança, que esperança dói. Tentei alguns truques. Cantei em tom maior para despistar os males. Tentei o telefone, a televisão. Falhei. Até encontrar distração em plantar flores, contando histórias enquanto trabalhava. Ouvi dizer que as plantas se rejubilam com uma boa conversa de gente. Talvez as flores desfrutem desta brincadeira, mas gente não. Porque não vem uma única resposta, e fala-se sem trégua até o ridículo de entrecortar as frases com 'minha querida' e 'minha bela', até o sofrimento por saber vão todo o esforço empreendido sem uma platéia de iguais. Pois sou a verdadeira oscilação, digo em brilho, enquanto as flores têm clara e firme a própria luz. O jardim, abandonado à contemplação de quem o criou, rebela-se, então, todo ingrato, como que dizendo: agora que já cumpriste teu intento, que terminaste tua obra, podes ir, vá! Assim é a dureza da flor, que se distingue sem artimanhas, vence a noite, atravessa sobranceira a madrugada, porque não pode ser diferente. E eu que me alimento de sorrisos, quase antropofágica, sinto medo, que parece que vem a brisa fria, porta-voz da inevitável noite.

*

Eu me lembro bem. "Tudo o que eu quero é não sofrer". E a multidão de sombras, umas minúsculas, outras enormes, povoando meu quarto. Meu quarto que era pequeno e monástico, mas abrigava todos os fantasmas do mundo. Lembro-me da respiração contida, do coração estourando os tímpanos, de como eu apertava um urso de pano, úmido e sujo, mas meu, de como o abraçava para proteger-me, de como ele era impassível e como eu o invejava. "Tudo o que eu quero é não sofrer", repetia o pensamento uma vez mais, e novamente, numa súplica patética, porque sem destinatário. O urso surdo e as sombras se acumulando. A cabeça, sob as cobertas, buscava uma saída. "Tudo o que eu quero é não sofrer". Até que o sono me levasse. Mas houve uma vez, porque sempre há uma vez a partir da qual as coisas mudam, houve esta vez, numa noite com os mesmos fantasmas sem-cerimônia, com o mesmo urso calado, que me livrei das sombras para nunca mais. Eu as enganei – porque vinham para me prender – acalmei a pulsação, soltei os braços ao longo do corpo, estendi as pernas, os olhos abertos sem piscar. Eu as enganei para sempre, elas que vinham por minha causa, elas que certamente vieram naquela noite e não me encontraram. Acalmei a pulsação, soltei os braços ao longo do corpo, estendi as pernas, os olhos abertos sem piscar. Meu esmerado disfarce de urso.

*

E hoje, quando o tempo me separa definitivamente da criança, quando a dor é mais completa e quase sólida, eu ainda suplico baixinho o mesmo lamento. "Tudo o que eu quero é não morrer". E só posso me valer de minha mais profunda natureza. Quando a noite chegar, estarei aqui, tão calada quanto o silêncio e disfarçada de flor.

Título	A Mulher no Escuro
Autora	Cláudia Vasconcellos
Produção editorial	Aline Sato
Projeto gráfico	Ana Paula Fujita
Capa	Tomás Martins
Ilustração da capa	Tadeu Knudsen
Editoração eletrônica	Negrito Design Editorial
Revisão	Cristina Marques
Papel de miolo	Pólen Soft 80 g/m²
Papel de capa	Cartão Supremo 250 g/m²
Formato	12 x 21 cm
N⁰ de páginas	152
Tipologia	Electra
Fotolito	Liner
Impressão	Gráfica Vida e Consciência